Jean Teulé

Jean Teulé est l'auteur d'une dizaine de romans, tous publiés chez Julliard. *Je, François Villon* a reçu le prix du récit biographique. *Le Magasin des Suicides* a été traduit en quatorze langues. *Darling* fut adapté au cinéma. Le *Montespan*, prix Maison de la Presse, a été élu parmi les vingt meilleurs livres de l'année 2008 par la rédaction du magazine *Le Point*. Son dernier roman *Mangez-le si vous voulez* est paru en mai 2009. Il a écrit le scénario d'une BD intitulée *Je voudrais me suicider mais j'ai pas le temps* dessinée par Florence Cestac et publiée par Dargaud, racontant la vie folle du très extravagant dessinateur Charlie Schlingo, mort en 2005 à l'âge de 49 ans.

DARLING

DU MÊME AUTEUR

CHEZ POCKET

RAINBOW POUR RIMBAUD
BALADE POUR UN PÈRE OUBLIÉ
DARLING
BORD CADRE
LES LOIS DE LA GRAVITÉ
Ô VERLAINE !
JE, FRANÇOIS VILLON
LE MAGASIN DES SUICIDES
LE MONTESPAN

JEAN TEULÉ

DARLING

ÉDITIONS JULLIARD

Le papier de cet ouvrage est composé de fibres naturelles, renouvelables, recyclables et fabriquées à partir de bois provenant de forêts plantées et cultivées durablement pour la fabrication du papier.

ISBN : 978-2-266-20548-1

Que de misère sur terre,
tout ça pour finir en dessous.

Ma grand-mère

1.

– Comment se sont-ils rencontrés, tes parents ?

– En amenant une vache au taureau. Papa travaillait chez Hervieu et maman travaillait chez Fichepoil. Hervieu avait un taureau et chez Fichepoil où maman travaillait, il y avait une vache en chaleur. Alors maman avait amené la vache et papa l'avait attachée à un arbre. Ils avaient mis le taureau et la vache ensemble et eux en avaient profité pour faire la même chose...

– Ah.

Le 17 octobre 1965, Georges Nicolle et sa femme Suzanne traversaient la foule et tenaient déjà chacun un enfant par la main. Mais Suzanne avait une nouvelle fois le ventre rond comme une cible.

– Fi d' garce, mais tu ne penses donc qu'à baiser, Georges !

Georges s'était retourné et avait salué un autre maquignon rigolard venu lui aussi à la foire Saint-Luc de Gavray.

– T'es-t'y donc encore bien pleine, la Suzanne ?

– Ben oui, avait répondu la femme avec un petit rire de fourmi. Même que c'est peut-être bien pour le début de la semaine.

– Et tu viens dans cette cohue ?

– Qu'elle soit grosse ou pas, on allait quand même pas manquer la Saint-Luc, avait répliqué le père à la place de sa femme.

La « Grande Saint-Luc », comme on dit là-bas, était depuis le Moyen Âge la plus importante foire aux bestiaux normande qu'on puisse trouver au cœur d'un bourg. Dans ce village de six cents âmes, tous les ans pendant le troisième week-end d'octobre, il y avait soudain jusqu'à cinq mille bovins sur la place de l'église et dans les rues alentour. Et cela finissait par inquiéter les autorités :

– Si une année il y avait le moindre problème, ce serait un carnage.

Les odeurs de peaux et de cuirs se confondaient et, place de la Mairie, les flaques d'ombres des arbres sur la peau des ruraux étaient l'écho des taches noires des bêtes normandes. La cité rassemblait toutes les catégories de bovins : vaches amouillantes ou bien d'herbage, génisses de tout âge, taureaux, bêtes à viande, bœufs maigres ou gras. Une foule considérable de cultivateurs et marchands des départements normands négociait à tout va :

– Ta vache finie, je te la prends à tant la carcasse.

– Si peu ? Je préférerais que tu m'en donnes ceci le kilo vif.

– Bon alors cela...

– Tape dans ma main.

Les paumes claquaient et les taureaux bien racés

étaient convoités comme les jolies génisses à faire saillir. Au bout d'une rue, une multitude de veaux médiocres se bradait.

Georges et Suzanne entreprirent de traverser cette marée bovine en serrant plus fort la main de leurs garçons : Joseph et Henri, quatre et deux ans... Des serpents d'urine circulaient entre les sabots des vaches et ceux des agriculteurs. Au passage de Suzanne et son ventre rond, des bêtes frémirent. La mère renâcla aussi :

– J'ai pas envie de traverser. Je préférerais aller à la fête foraine.

– Ben pourquoi ?

– Je ne sais pas.

Georges héla alors un commis de ferme – un idiot excité :

– Hé, l'Octave ! Comment c'est-y cette année sur la lande ?

– Oh bounn's gens, que d'baraques là-bas ! Et faut vei l'tintamarre... Y'a des cirqu's, tireuses de cartes, lot'ries et des radio-cars !

– Et toi, là, tu vas où, sacré ivrogne ?

– Bère eun' petit' moquette, mouégi un p'tit miot pi j'y retourne !.. Ah bon Dieu, que je m'amuse moi, deux jours l'an !

Henri, Joseph et Suzanne, dans cet ordre-là, tournaient dans les airs. Georges, assis derrière, surveillait son cheptel. Sanglés chacun à une chaise retenue par deux chaînes, ils volaient tous les quatre autour d'un astre de toile en folie : le chapiteau d'un manège ! Les autres passagers-satellites riaient et hurlaient, se bousculant ou tentant de s'attraper par la main. Seule la famille Nicolle restait rigide et stricte comme en visite chez le photographe.

Ils filaient au-dessus des tirs, des lutteurs, des ménageries et des colporteurs venus d'Italie. Il y avait aussi des pickpockets, des bonimenteurs et des marchands ambulants. De l'autre côté de l'allée des rôtisseurs, à travers la fumée des quartiers de moutons qui doraient sur des broches, ils devinaient l'exposition de machines agricoles et de matériel de ferme. Le cidre nouveau y coulait à pleins tonneaux. Descendu du manège, le père a dit :

– Bon, assez ri, on rentre.

La mère avait encore les pupilles qui tournoyaient dans ses orbites. Joseph et Henri regardaient d'autres enfants secouer des ballons multicolores en dégustant des madeleines. Mais de retour sur la place de Gavray, le père fut interpellé et invité à boire du cidre par son patron, Charles Tuvache, qui insista aussi auprès de Suzanne.

– Non merci.

– Mais si, bois donc, Suzanne. Allez encore ! C'est pour ton petit, ça donnera du goût à son lait. Et file ta bolée que je te resserve !

– Non merci, j'en veux plus. Je ne le supporte pas.

– Bois, lâcha sèchement le père.

Tous les paysans autour, meuglaient : « Eun' moque eud' bon bère !.. » À chaque phrase lancée on pensait qu'ils allaient vomir sur la table. Dans la cohue des vaches et des hommes, une génisse à la peau frémissante se fraya un passage et vint renifler de très près la robe tendue de Suzanne.

– *J'ai toujours eu peur des vaches...*

Le fœtus se contracta puis se détendit et ce fut un coup de talon dans le mufle. La jeune bête surprise fit un bond en arrière mais, retombant contre une congénère qui elle-même du coup en bouscula d'autres, toutes les bêtes alentour, soudain affolées, fuirent au galop renversant tout sur leur passage et piétinant des gens.

Le père entraîna sa femme et ses enfants par une ruelle.

– Fi d' garce, un sacré maquignon que t'as là dedans ! dit-il.

– Vite..., supplia la femme.

À l'arrière de la bétaillère, les enfants dansaient déjà sur la tôle. Le sous-préfet en visite officielle et qui, du balcon de la mairie, avait assisté à l'émeute dit au maire :

– C'est la dernière fois que la foire a lieu dans le bourg. À partir de l'année prochaine ce sera sur la lande.

Et il en fut ainsi.

Passé Coutances et Carentan, après avoir changé de direction, la route était soudain très abîmée avec de grands travaux sur les côtés. Des nids-de-poule et des dos-d'âne secouaient dans tous les sens la bétaillère et le ventre de Suzanne.

– Vivement qu'ils aient fini de l'élargir et de la goudronner cette future nationale, dit le père.

– Moi, ça ne me plaît pas, répliqua la mère. Aux carrefours, les pompes à essence vont remplacer les

Christ et ça ne va nous amener que des emmerdements...

Sur la droite de la route, dans un champ de sarrasin, une trentaine de « battoux » en chapeau de paille faisaient chanter leurs fléaux. Presque arrivée à Heurleville, Suzanne repensa à l'incident de la place et à la peur qu'elle avait eue. Alors elle dit cette phrase extraordinaire :

– Je n'aime pas l'enfant que je porte. Après celui-là, je n'en aurai plus...

Et ce fut là l'unique fois de son existence où elle affirma quelque chose à son mari sans lui demander son avis.

Au lieu-dit de La Barberie, la bétaillère se gara. Et Suzanne, encore toute secouée par les chantiers, mal de cœur, mal de mer et les intestins en bouillie à cause du cidre nouveau, se coucha et supplia :

– Le docteur Coligny...

Il arriva, renversa les pattes et les sabots de la mère au plafond et dit : « Poussez ! » Elle poussa et un bébé rond jaillit ainsi qu'une chiasse monumentale... Le nouveau-né fit « floc » dans la diarrhée de sa mère.

– Merde, une fille ! dit le père.

– Est-ce que tu sais pourquoi ils t'ont appelée Catherine ?

– Non, ça j'en sais rien.

– En tout cas, t'es née dans la merde.

– Ah ça...

L'INCIDENT

Au cours de cette matinée, le champ de foire allait être le théâtre d'un incident peu banal qui aurait pu indéniablement se terminer de façon tragique.

Vers 9 h. 15, un jeune employé de la S.N.C.F., M. Hurel, demeurant à Saint-Jean-des-Champs, embauché exceptionnellement pour la journée par M. Duret, cultivateur à Saint-Planchers, fut surpris par le mouvement d'une amouillante qu'il tenait en laisse et dut lâcher cet animal et un autre confiés à sa garde. L'amouillante prit peur et à son tour bouscula une rangée de génisses attachées ensemble à proximité. Le troupeau partit au trot créant une véritable panique dans la foule.

On assista alors à un sauve-qui-peut général. Le troupeau en folie poursuivait sa course vers la sortie du champ de foire, renversant et piétinant tout sur un front de 15 mètres.

Des gens se réfugiaient dans les magasins les plus proches, sur le toit des voitures et parfois même sur les poteaux électriques. Pris de peur, les gardiens d'autres bêtes les abandonnaient à leur tour, ajoutant à la confusion qui régnait dans le bourg.

Le troupeau devait être finalement maîtrisé à 50 mètres, du champ de foire, à proximité du pont qui enjambe la Sienne.

Bon nombre de personnes avaient été piétinées sur son passage. Si certaines d'entre elles pouvaient se relever avec seulement quelques ecchymoses, on dénombrait malheureusement sept blessés assez sérieusement atteints. M. Dudouit, pere, de Quettreville, blessé au visage put rejoindre son domicile. M. Roger Daniel, 58 ans, demeurant au village du Mesnil au Bréhal, avait eu plusieurs côtes fracturées et devait être transporté à l'hôpital de Granville. M. Georges Moricet, 63 ans, marchand de bestiaux, à Hambye, eut le fémur fracturé ce qui nécessita son admission à l'hôpital de Villedieu, M. Bernard Surbled, de St-Clément, Mme Denise Pinçonnet, cultivatrice à St-Planchers, M. Louis Joret, cultivateur à Hambye, M. Louis Renard, cultivateur à Sainte-Cécile furent reconduits à leurs domiciles respectifs avec des incapacités de travail variant de 10 à 15 jours, sous réserve de complications. Mardi, après-midi, une douzaine de blessés avaient été dénombrés à la suite de cette bousculade. Une enquête a été ouverte aux fins d'établir les circonstances exactes de l'incident.

2.

– Maman m'a souvent accusée d'avoir déclenché la panique à cette Saint-Luc de 65. Chaque fois qu'elle était en colère, elle me le reprochait : « Tu as toujours été une emmerdeuse ! Déjà, deux heures avant ta naissance, tu as gâché la fête et fait chier le monde ! » « Toi aussi, maman, je t'ai fait comme tu dis ? » « Oui ! » qu'elle me répondait... De toute façon, moi, c'est vrai que partout où je suis passée, ça été la merde. Par exemple, la première fois où je suis allée à la messe, le curé est mort pendant le sermon ! J'étais toute petite. Je ne devais pas avoir quatre ans...

Lorsqu'elle était très jeune, quelquefois, le jeudi, pendant que les deux fils aidaient la mère aux travaux agricoles, Georges emmenait sa fille avec lui, chez des fermiers de la région, pour y acheter des vaches. Mais comme Catherine en avait peur, ce jour-là, sur la place d'un village, son père lui dit :

– Pendant que je négocie les bestiaux, toi, file à la

messe. Ça ne te fera pas de mal ! Et puis quand ce sera fini, tu me rejoindras dans la bétaillère.

Et il mit sa casquette pour aller discuter tandis que l'enfant se dirigeait vers l'église... Mais en revenant, Georges retrouva sa fille sur le siège du passager, buvant un Fanta orange qu'une dame lui avait offert en lui disant : « Ma pauvre petite, c'est tout de même pas de chance... »

Le père surpris dit à Catherine :

– Déjà là, toi ? Tu n'es pas allée à la messe alors, désobéissante !

– Si papa, mais quand le curé m'a vu, il est mort...

Alors Georges, pendant qu'elle buvait sans faire attention, lui a retourné le revers d'une main de maquignon dans la figure.

– Ça m'a cassé le goulot dans la bouche. Regarde, j'ai encore la lèvre fendue, là, à l'intérieur. De toute façon, moi, il n'y a pas un pouce de ma chair ou de mon âme qui ne porte pas la marque d'une mutilation, qui ne soit la mémoire d'une plaie, alors...

Alors, malgré l'agitation qui régnait devant l'église, Georges, enfonçant son propre mouchoir dans la bouche de sa fille pour panser la plaie du goulot et surtout ne plus l'entendre, lui déclara en démarrant :

– Raconteuse d'histoires ! C'est la dernière fois que je t'emmène avec moi. T'es trop conne !

– Il ne m'a pas crue. On ne croit jamais ce que j'ai vécu...

– Tu as d'autres souvenirs de ce genre-là, enfant ?

– Oui, je me rappelle aussi le jour où Gérard Lenorman a tué Pompidou.

– ?!

– Tu vois, toi non plus... Et pourtant ! Un jour, papa m'avait rapporté d'une foire à Lessay un petit chien invendable qu'on lui avait donné. Tout le monde le trouvait laid ce chien, mais moi il me plaisait. Il n'avait presque pas de pattes et était rose et rond. Ah vraiment il se portait bien. Je l'avais appelé Pompidou parce que c'était un nom que j'entendais souvent à la télé après « Bonne nuit les petits » lorsque je montais me coucher. Et moi, « Pompidou », c'était un nom qui m'amusait. Ça faisait doudou... Et puis en plus, mon chien ressemblait à l'autre mais...

Mais un jour, Suzanne voulut traverser la nationale avec Joseph, Henri et Catherine pour se rendre au jardin qui se trouvait de l'autre côté près d'un poteau télégraphique. La mère ouvrait la barrière lorsqu'ils ont entendu un grand coup de frein. Ils se sont retournés et ont vu Pompidou rouler comme un chiffon entre les roues d'un camion.

Parce qu'ils avaient sans doute laissé la porte de la maison entrouverte, le petit chien avait couru pour les rattraper mais s'était fait écraser. Le chauffeur était désolé et s'appelait Gérard Lenorman comme le chanteur.

– Ce qui était drôle aussi, c'est que ça s'est passé le jour même où l'autre Pompidou mourait : le 2 avril 74.

– Ça t'a fait de la peine ?

– Ah oui beaucoup... Mais deux ou trois jours après, le routier est revenu et il a garé son camion devant notre maison. Pour me consoler, il m'avait offert un sachet de bonbons et moi, je n'en avais encore jamais mangé. Ils étaient acidulés et il y en avait de toutes les couleurs : des rouges, des jaunes, des orange et des verts... Quand on les mettait devant la lumière, ça faisait comme des éclats de fenêtres d'église. C'est peut-être à partir de ce jour-là que j'ai commencé à m'intéresser aux routiers...

3.

– Mais au bout du compte, Catherine, le souve nir le plus marquant de ta prime enfance ?

– La mort d'une truie.

– Ah ? Pourtant, à la campagne, ce genre d'événements...

– Oui mais là, il y eut un incident. Et puis je m'en souviens aussi parce que c'est ce jour-là qu'on a appris pour Joseph...

– Le frère aîné ?

– Oui.

Appris quoi ?

La maison des Nicolle était une maison toute en longueur. Devant, avant, poussait un peu de pelouse mais l'élargissement de la route l'avait mangée. Alors la maison s'était retrouvée au ras de la nationale. Et lorsque les grands camions internationaux passaient, ils faisaient souvent vibrer les carreaux des fenêtres ou la porte d'entrée. Il était bien sûr interdit aux trois enfants d'aller jouer devant.

– Pour faire les imbéciles, il vous reste la cour et le champ de pommiers derrière !

Au-dessus de la porte d'entrée et son auvent de tuiles, un chat en céramique blanche faisait mine depuis des années de vouloir attraper une colombe, elle-même immobile et luisante. La colombe se fêlait, peut-être à cause des vibrations des camions. Un jour ou l'autre, elle allait se casser.

Cette ferme ne se louait pas cher à cause des inconvénients de la route et, depuis la fin des travaux, Georges garait sa bétaillère le long d'un pignon. Lorsqu'on avait traversé la maison, on se retrouvait dans une cour pavée. On y accédait par la porte vitrée de la cuisine. Et puis, franchie la cour, une large barrière s'ouvrait à son tour sur un verger. Cinq ou six vaches y paissaient, quelques volailles s'y baladaient ainsi que des garennes que Georges dégommait parfois, à la vingt-deux long rifle, le dimanche.

Entre l'étable et la salle à manger, le long du mur mitoyen, un escalier permettait d'accéder aux trois chambres : une pour les parents (la plus grande), une autre pour les deux garçons et la plus petite pour Catherine. L'unique fenêtre de cette chambre versait sur la nationale. Celle des parents dominait la cour, quelques machines agricoles et les grognements d'un cochon ou d'une truie dans une minuscule porcherie.

Lorsque le porc atteignait les cent, cent dix kilos, le père affûtait ses couteaux :

– Suzanne, débarrasse ta cuisine et fais bouillir de l'eau. Joseph, apporte-moi des seaux !

Et Georges remontait ses manches de chemise...

Ce jour-là, Catherine était assise à l'usure des pierres entre deux géraniums, sur un rebord de fenêtre, les pieds ballants dans la cour. Découvrant les couteaux, Henri, lui, était monté se coucher car la vue du sang lui donnait mal à la tête. Joseph, au contraire, ça l'excitait. Il devenait soudain très nerveux et voulait absolument aider son père. Pouvoir bientôt énucléer un lapin ou bien ouvrir le palais d'une poule à la pointe d'un canif était le désir secret de cet enfant-là...

– Lorsque maman tuait un coq ou un poulet, elle récupérait le sang dans un bol qu'elle renversait ensuite dans une poêle comme une omelette. Elle appelait ça une « sanquette » et nous disait que c'était bon pour la santé. Henri, lui, devenait blême. Joseph était enthousiaste : « Je peux prendre la part d'Henri, maman ? J'peux prendre sa part ? Et toi, Catherine, tu es sûre que ça ne te dégoûte pas ? »

En tout cas, ce jour-là, lorsque le père a approché de la truie une petite table avec des ustensiles dessus, Joseph était particulièrement agité :

– J'pourrai le faire aujourd'hui, papa ? J'pourrai le faire ? J'pourrai le faire, hein ?

– Pas à douze ans, quand tu seras plus grand. En attendant va me chercher une corde dans l'étable et tu m'aideras à pendre la coche par une patte.

– Et c'est moi qui ferai le nœud ? C'est moi qui ferai le nœud coulant, papa ?

– Si tu veux.

La truie était une Large-White prénommée Naïma.

Ayant déjà mis bas trois fois des porcs charcutiers, elle était devenue bête de réforme.

Le père avait laissé Joseph nouer la corde mais l'enfant avait dû mal s'y prendre. Alors sitôt que Georges eut éventré la truie entre les tétines, celle-ci, dans des hurlements, s'était débattue et le nœud s'était défait.

– *Elle s'est enfuie et alors là, il fallait voir ça...*

En bottines noires, elle courait se jetant contre la barrière du verger ou les murs de la cour. Ses intestins s'étaient échappés de son ventre en paquet. Elle se prenait les pattes dedans, dérapait et tombait, se relevait en les déchirant et cavalait encore dans tous les sens.

– *Les longs intestins blancs derrière elle ressemblaient à une traîne de mariée... Elle se secouait pour s'en débarrasser, alors c'était des éclaboussures de merde partout dans la cour. Il en était tombé sur ma figure et ma robe... Maman en entendant la cavalcade est sortie de la cuisine et m'a demandé : « Mais qu'est-ce qu'elle a, celle-là ? » « Elle ne veut pas crever ici. » « Pourtant, faudra bien ! » qu'elle a répliqué en retournant à ses marmites. « Et moi non plus... » Mais maman ne m'a pas entendue.*

Pendant ce temps, Joseph avait lancé :

– Laisse papa, laisse ! C'est moi qui vais la rattraper...

Et il a sauté sur la Large-White en lui hurlant dans le groin et les yeux :

– Mais tu vas la fermer ta gueule ! Salope, putain ! On va te bouffer, t'entends ? T'entends ?

– Moi, j'avais des jambes de ouate...

Lorsque le père a pris un couteau sur la table pour aller dessiner un collier de corail à la gorge de Naïma, Joseph s'acharnait sur ses oreilles et il les a tirées si fort qu'il les lui a arrachées ! Les deux !

– À douze ans ! Je ne sais pas si toi, tu as déjà essayé d'arracher les oreilles d'une truie vivante...

– Non, jamais.

– Eh bien, il doit falloir tirer très fort. Même lorsque la tête a été bouillie, il faut encore tirer fort. Ça, j'ai essayé un jour pour voir ! Mais lui, Joseph, sa sauvagerie c'était... (Elle tournoie une paume à la hauteur d'une oreille.) C'était dans la « tête », si tu vois ce que je veux dire...

– Je vois.

– Bon, assez ri !

Georges – ancien professionnel des abattoirs de Cherbourg, rue de la Chasse Verte – a égorgé la truie. Joseph était debout avec encore les deux trophées dans ses poings crispés. Ses bras tremblaient puis tout son corps devint une convulsion. Il avait le regard égaré des fauves et des sourds...

– *Une mousse blanche était apparue à ses lèvres comme s'il avait mangé du savon. Ça coulait sur son menton et c'était dégoûtant. Alors papa l'a regardé, d'abord étonné, puis il l'a giflé. « Oh, Joseph ! T'es où là ? Oh, Joseph... » Et il l'a giflé encore. « Joseph, reviens ! » Joseph était en face de lui mais papa l'appelait comme s'il était parti très loin. Ensuite mon frère s'est tordu dans la cour en poussant des cris de porc.*

Alors aussitôt, la mère, à petits pas d'eau bouillante, est arrivée complètement catastrophée. Joseph a toujours été son préféré.

– Mais qu'est-ce qu'il a ?

Le père l'a regardée et lui a répondu :

– Le haut mal.

– Oh, fi d' garce !

– *Qu'est-ce qu'il avait ?*

– *Le « haut mal ». C'est ainsi qu'on nomme l'épilepsie en Basse-Normandie et c'est héréditaire dans la famille. Mon grand-père maternel l'a eu et moi maintenant, j'ai un fils qui l'a aussi. Mais bon, on n'y peut rien, c'est ainsi.*

Le père a conduit Joseph dans la salle à manger tandis qu'Henri descendait de la chambre. Alors Georges lui a lancé :

– Henri, appelle le docteur Coligny.

– Qui ?

– Le docteur Coligny ! T'es sourd ou... Mais qu'est-ce que tu as toi, aux oreilles ?

Henri y avait enfoncé trop longtemps et trop profondément ses phalanges pour aussi essayer de ne rien entendre du vacarme de la cour. Mais ses ongles avaient écorché les tympans et deux filets de sang coulaient maintenant sur ses tempes. Il a posé une main contre son cou puis il a regardé ses doigts et s'est évanoui. La truie gisait toujours au milieu des pavés bleus. Sa tête, nue d'oreilles, tournée vers la fenêtre de la cuisine, on aurait dit qu'elle regardait Catherine et Catherine la regardait aussi.

– En pensant à quoi ?

– Je la revoyais s'empêtrer et crever dans sa robe de mariée avec un sadique à son cou qui la mutilait... Et cette scène est devenue un cauchemar régulier. Mais je crois en fait que c'est ce jour-là que j'ai commencé à mieux entendre le bourdonnement de la nationale...

4.

– Tu ressemblais à quoi, petite fille, Catherine ?

– J'étais grosse avec des cils jaunes.

– Et par la suite, ça s'est arrangé ?

– Non. Je n'ai jamais été jolie, moi. Jamais. Ça n'a pas été pour moi, ça. J'aimerais bien pourtant, un jour, être belle, voir comment ça fait... Henri, lui, était pas mal ! Il ressemblait à papa. Joseph, c'était le portrait craché de maman mais papa était beau, vraiment ! Blond, costaud, mâchoire solide. Il n'y a que ses yeux qui étaient inquiétants. Des yeux bleus très pâles au fond de la tête et aussi un peu divergents, ce qui fait que c'était souvent gênant pour les gens de le regarder en face. Mais de toute façon, c'était pas un type qu'il fallait regarder en face. On devait baisser la tête devant lui, en tout cas nous les enfants... Avec lui, fallait qu'on file droit.

– Encore maintenant ?

– Maintenant, je ne les vois plus. Ni lui ni maman. Il avait aussi un rire d'allumette.

– Un rire d'allumette ?

– Oui, un truc qui faisait « Pep, fww... » comme le souffle d'une allumette qui s'embrase et s'enflamme. D'ailleurs encore maintenant, à La Garenne-Colombes, si je suis seule le soir et que je pense à lui, je me lève et vais dans la cuisine craquer des allumettes pour à nouveau entendre le rire de papa. Mais à l'époque, c'était rare. On ne rigolait pas tellement à la maison.

– Et entre frères et sœur ?

– On ne peut pas dire non plus qu'on formait une chorale. Très vite, tous les trois, ç'a été « sauve qui peut » et « chacun pour sa peau ». Je n'ai presque pas de souvenirs de jeu avec mes frères. De toute façon, on ne jouait pas à la maison.

– Vous faisiez quoi alors ?

– On travaillait à la ferme. Par exemple Joseph trayait les vaches, Henri ramassait des orties et moi, souvent, je m'occupais du « main-à-choux »... C'est un appareil en fer sur un trépied qui sert à découper les choux pour les cochons. Au-dessus il y a comme un gros entonnoir où tu fourres les choux dedans. Ensuite, tu tournes une manivelle et ça les hache. Au fur et à mesure que tu tournes la manivelle, ils s'écoulent écrabouillés. Ensuite, je mélangeais ça avec de la farine d'orge et de l'eau et ça faisait de la pâtée pour les cochons ! Je m'en occupais le matin avant d'aller à l'école et puis le soir aussi. Ça me gavait un peu de passer mon temps à tourner ce machin mais j'avais trouvé un truc pour que ça devienne supportable... Ces choux, dans ma tête, je me disais que c'était des crânes de paysans. Et moi, en tournant la mani-

velle, en cassant les crânes, à chaque tour, je répétais « Je ne serai jamais paysante, moi... Je ne serai jamais paysante... ».

– Sanne !

– Hein ?

– Pay...sanne !

– Ah bon, t'es sûr ?

– Oh, pratiquement.

– Nous on disait paysante mais on ne nous a jamais appris grand-chose à nous.

– Tu es quand même allée à l'école...

– L'instituteur me gardait à condition que je fasse le ménage chez lui sinon il m'aurait virée. Il aurait alors fallu que j'aille dans une classe de perfectionnement qui s'occupe des échecs scolaires mais c'était à Montebourg et ça n'arrangeait pas les parents. Alors je faisais le ménage chez l'instituteur... Un jour, je l'ai entendu dire à papa : « Vos deux gars, déjà, c'est pas terrible mais votre fille, c'est pire que tout. Plutôt que d'apprendre, elle est toujours la tête tournée vers la nationale à rêvasser à je ne sais quoi. À part fermière, je ne vois pas ce que vous pourrez en faire. » « Ça tombe bien, elle sera paysante », a répondu mon père... Nous rentrions de l'école à cinq heures et on travaillait. Vers six heures et demie, on mangeait. À sept heures et demie, on avait la soupe et au lit à huit heures...

– À six heures et demie, vous dîniez et à sept heures et demie vous mangiez la soupe ?

– Oui.

– Mais pourquoi ?

– J'en sais rien. On mangeait seuls sans les parents et maman venait nous border sans rien dire. C'est vrai que c'est un truc qui m'a manqué du côté des parents, l'affection...

Elle prend une cigarette américaine et craque une allumette...

– Ton père regardait tes carnets scolaires ?

– Non, il s'en foutait complètement. Ils auraient été un peu plus attentifs, j'aurais peut-être pu devenir autre chose que bonniche. Eux, tout ce qu'ils voulaient, c'est que je bosse à la ferme. Mais bon, comme j'avais peur des vaches et même des poules, alors...

5.

Alors peu à peu, finalement, la seule chose qui a intéressé Catherine chez ses parents, c'était la route qui passait devant... Les camions et les routiers qu'on voyait dedans ! Ces camions, la petite Nicolle les comparait à des crabes comme elle en avait déjà vu une fois courir sur la plage à Saint-Malo-de-la-Lande, un dimanche de pieds nus et de pantalons remontés jusqu'aux genoux où la famille était allée en visite chez une tante méchante...

De retour à La Barberie, l'enfant à sa fenêtre avait regardé les camions qui passaient en se disant que, si un jour elle pouvait décortiquer la portière de l'un d'eux, elle se nourrirait bien, elle, de la chair exotique qu'il y avait dedans.

Elle préférait déjà les gueules de routiers à celles des paysans. Ils avaient des yeux noyés d'Indonésie et des visages brûlés comme des châteaux en Espagne qui la faisaient vibrer vers des profondeurs qu'elle ne comprenait pas.

Quant à la route... Sans doute tracée à la règle sur une carte d'est en ouest, ici elle filait toute droite mais ondulait en hautes et longues vagues comme si, en s'approchant des côtes atlantiques, elle s'adaptait déjà au rythme de l'océan.

La maison de La Barberie était perchée, solitaire, en haut d'une de ces côtes. En bas, on apercevait La Clergerie – ferme des Blandamour. Après, c'était Heurleville...

La route changeait de couleur selon l'heure du jour ou les saisons. Parfois le reflet vert des prairies lui donnait des allures océanes. À d'autres moments, c'était le ciel qui dominait, alors elle était couleur de vent. Le matin et le soir, elle rosissait et s'enflammait puis, dans la nuit profonde, ses graviers scintillants dans la lumière des phares lui donnaient de grands airs d'astronomie.

Souvent lorsque Catherine ouvrait la fenêtre de sa chambre, un rideau blanc s'envolait au vent. Sa saison préférée, c'était l'hiver car, penchée, entre les branches nues et noires des arbres, elle voyait venir les camions de plus loin. En revanche elle n'aimait pas le printemps qui bouche l'horizon. Cet horizon que Catherine confondait avec une immense fête, la pauvre enfant... Mais comment aurait-elle pu savoir ?

La nationale s'appelait d'un nombre qui porte bonheur ou malheur selon les superstitions.

– Tu aimes bien toi, Jean, le chiffre « 13 » ?
– Je m'en fous complètement. Et toi ?
– Avant j'aimais bien.
– Et maintenant ?
– Plus du tout.

Le soir, depuis son lit, Catherine ne voyait plus les camions et ça la désolait. Alors elle réfléchit, chercha puis trouva une idée.

Et une nuit, folle, l'enfant de huit ans sortit de sa chambre en chemise de nuit comme une parricide, un tournevis à la main... Mais c'était simplement pour aller retirer un rétroviseur extérieur de la bétaillère de son père. Puis elle l'a remonté et accroché dans le silence au volet de sa chambre.

Plusieurs fois elle fit le va-et-vient du lit à la fenêtre afin de régler l'angle du miroir. Puis, satisfaite, entre les toiles rêches des draps qui sentaient la buanderie, elle a pu voir venir de loin dans son dos la lumière des phares qui allaient ensuite tournoyer comme un feu de Saint-Jean sur les murs et le plafond de sa chambre.

L'oreiller remonté, presque assise et les doigts croisés sous sa nuque, elle ne pensait rien et attendait simplement ces étoiles filantes qui voyageaient toujours par deux comme les amoureux...

Lorsque le spectacle avait été suffisant, elle retirait le rétro et le cachait dans son cartable – un endroit où ses parents ne risquaient pas d'aller fouiller – afin d'éviter que son père ne le découvre le lendemain, suspendu à la fenêtre de sa fille. Quel scandale cela aurait été !

Georges justement se demandait, avec insistance, qui pouvait bien être le con qui était venu lui piquer un rétro à La Barberie. Mais un soir (comme cela devait forcément arriver) Catherine s'endormit, la tête sur un côté, laissant le rétro accroché au volet. Dans la nuit, le vent se leva, le volet claqua plusieurs fois, alors le rétroviseur se détacha et tomba brisant son miroir devant la maison.

– Sept ans de raclées ! C'est ce qu'a immédiatement pensé Catherine en se réveillant le lendemain matin lorsqu'elle a découvert la chute du rétroviseur. Elle a regardé par la fenêtre, espérant qu'il serait encore sur la chaussée mais, comme il n'y était plus, c'est drôlement embêtée qu'elle est descendue pour le petit déjeuner où l'attendaient aussi ses deux frères. C'est alors qu'elle a entendu Georges dire à Suzanne :

– Regarde, c'est à n'y rien comprendre. Le con qui m'a piqué le rétro l'autre jour est revenu cette nuit le jeter devant la porte d'entrée. J'aimerais savoir ce que cela signifie...

– Une sorcellerie, a répondu la mère.

– Tu crois ?

– Je t'avais prévenu que cette nationale nous amènerait des emmerdements. Eh bien, tu vois, ça commence... Tu ferais mieux d'aller voir Joséphine Degueulinel.

– La désenvoûteuse ? Tu crois ?

Catherine, le nez plongé dans son bol de lait chaud où flottaient des petits carrés de pain beurrés parmi des yeux jaunes – flaques de beurre –, a pouffé de rire, s'éclaboussant de lait.

Son père et sa mère se sont retournés ensemble en s'exclamant :

– Mais qu'elle est conne, celle-là !

– On a des ennuis et elle se marre..., a vomi le père.

– Et en plus elle se tache juste avant d'aller à l'école, c'te grosse futaille ! a râlé la mère.

– Plus ça allait, moins je les supportais, mes parents...

Le père avait interdit à ses enfants de sortir devant la maison mais Catherine savait bien, elle, qu'un jour elle désobéirait. Alors tout ce qui circulait devant la maison l'a de plus en plus fascinée sauf les engins agricoles évidemment... Mais sinon, tout ! Même la camionnette du boulanger, lorsqu'elle s'arrêtait devant la maison, lui paraissait être une opportunité à ne pas manquer.

6.

– Vous ne voudriez pas m'emmener, s'il vous plaît, madame Clément ?

– T'emmener, Catherine ? Mais où ?

– Travailler avec vous.

– Tu voudrais travailler à la boulangerie ?

– Oui, si c'est pas ici. Je travaillerais le soir, le mercredi et puis je dormirais chez vous.

– Mais il paraît que tu n'es pas bonne élève à l'école, Catherine. Et que tu ne connais ni les lettres ni les chiffres à bientôt dix ans.

– Il faut ?

– Ben oui, pour lire le nom des gâteaux et rendre la monnaie.

– Alors je saurai bientôt. Et après, vous m'emmènerez ?

– Après... Pourquoi pas. Je verrai ça avec tes parents.

La petite fille, hissée derrière des chaussons aux pommes et des pains au chocolat, s'était adressée à la boulangère sur la pointe des pieds. Elle s'était accrochée comme à un radeau au comptoir en Formica de la camionnette pendant que sa mère était allée chercher son porte-monnaie dans la cuisine. En revenant, Suzanne dit à Catherine :

– Ben, qu'est-ce que tu fous là, toi ? Veux-tu bien rentrer immédiatement ou tu préfères que je le dise à ton père et alors, tu vas voir la raclée ! Allez oups, grosse futaille !

Puis elle s'est retournée vers Mme Clément qui elle-même était très ronde :

– Ah, ce qu'elle m'énerve, celle-là ! Elle m'a toujours fait chier. Je vous jure, madame Clément, les enfants, parfois... La chance que vous avez, vous, de ne pas en avoir !

Mme Clément ne répondit rien. Elle referma les deux portes arrière de sa camionnette, puis continua sa tournée du samedi.

Le jour même, Catherine a ouvert un livre de lecture qu'elle n'avait jusque-là que simplement feuilleté pour voir les images. Puis elle a demandé à Joseph qui allait sur ses quinze ans s'il ne voudrait pas lui apprendre à lire.

– Démerde-toi.

– Tu ne veux pas me dire les lettres, quand même ? Je te laisserai ma sanquette à chaque fois.

– Oh, tu fais chier. Bon, si tu veux... Si tu veux mais pas longtemps, hein !

– À cette époque-là Joseph, en fait, quand il n'était pas en crise, était un garçon plutôt gentil. Après, bien sûr... Mais là, ça allait encore.

Parfois il rejoignait Catherine dans sa chambre et on pouvait alors les voir tous les deux à la fenêtre, déchiffrer des hiéroglyphes nomades. Car Catherine avait décidé de commencer par apprendre à lire les lettres noires qu'on voyait dans des ovales blancs à l'arrière des camions filant vers Bayeux. Quelquefois, elle devait décrire ce qu'elle apercevait tandis que Joseph, allongé sur son lit, traduisait.

– Quand ça fait une tente d'Indiens avec une barre en travers, c'est quoi ?

– « A ».

Et c'est ainsi que des camions venus d'Allemagne, d'Italie... Luxembourg, Belgique, Hollande, Grande-Bretagne... ont participé sans le savoir à l'éducation de Catherine en lui apprenant les lettres D, I, L... B, NL... GB, etc.

C'est aussi de cette manière qu'elle s'est mise à lire les chiffres et les nombres, grâce aux autocollants de limitation de vitesse à l'arrière des remorques. Parfois, au-dessus de trombes d'eau, Catherine demandait :

– Quand il y a un huit et un zéro après, ça veut dire quoi ?

– Ça veut dire quatre-vingts et puis aussi que ce camion roule beaucoup trop vite... Surtout par temps de pluie.

Parfois Joseph venait la rejoindre à la fenêtre et, regardant le déluge au-dessus des prairies, il lui demandait :

– Mais pourquoi, tout d'un coup, tu veux savoir tout ça ?

– Pour partir.

– Ah, toi aussi, tu veux t'en aller ? Moi, bientôt, j'irai à Cherbourg m'engager dans la marine. J'embarquerai sur un croiseur et irai faire des guerres loin !

– Moi, c'est dans un camion que je monterai pour aller dans l'autre sens mais si tu veux, on te déposera.

– Sauf que tous les calculs que nous faisons auront peut-être une balle en plein front..., prédit soudain gravement Joseph en posant deux doigts tendus contre une tempe d'Henri qui venait d'entrer dans la chambre :

– Pan.

– Arrête, t'es pas drôle ! dit le cadet, retirant la main de l'aîné et quittant aussitôt la chambre de sa sœur.

Puis, de l'autre côté de la porte, Henri a crié :

– Et puis d'abord, pourquoi vous voulez partir tous les deux ? Vous n'êtes pas bien, ici ?

Catherine et Joseph se sont regardés étrangement.

Ensuite ce furent les bâches des camions, claquantes et vibrantes comme des voiles, qui devinrent les tableaux noirs de Catherine. Elle y lisait les marques : Trans-ports Males-herbes, Es-so, Elle-et-Vire, U-ra-nium... Ça, c'était pour les camions filant vers La Hague.

Un an plus tard, Catherine savait lire et écrire... Pas très bien, évidemment, mais quand même. Elle savait aussi compter et plutôt pas mal, paraît-il.

– Tiens, demande-moi une multiplication, Jean !

– Sept fois cinquante-huit ?

– Trois cent quatre-vingt-seize ! C'est ça ?

– *J'en sais rien, moi. Je ne sais pas compter de tête.*

En tout cas, un samedi matin, Catherine a caché le porte-monnaie de sa mère dans le sucrier. Et lorsque la camionnette de la boulangère s'est arrêtée devant la maison, pendant que Suzanne cherchait partout son argent pour payer le pain de six livres, Catherine est sortie tendre un bout de papier froissé à Mme Clément. Celle-ci l'a déplié et a lu :

S'il vous plait madame Clément emenez moi.
1, 2, 3, 4, 5, 6
Catherine.

En repliant le petit bout de papier, Chantal avait les larmes aux yeux.

– Viens, on va aller voir ta mère...

– *Elle a parlé à maman. Moi, je n'ai rien entendu, j'étais sur un nuage... Ensuite maman a dit qu'elle en parlerait à papa. Puis deux jours plus tard, elle me préparait une valise... Et c'est ensuite que j'ai vécu les quatre plus belles années de ma vie.*

– *Eh bien tant mieux! Parce que jusqu'ici...*

– *L'enfer, ç'a été pour après.*

– *En attendant, ça nous fera toujours une pause!*

7.

– Envole-toi ! Lorsque tu travailles la pâte, agis comme si tu étais un oiseau, une colombe... Sois légère. Fais comme si tes bras étaient des ailes et tes doigts, des plumes. Tu n'es pas à la ferme, ici. Ce n'est plus le main-à-choux que tu manies ! Tu fais de la pâtisserie... Voilà, comme ça... La pâte, brisée ou feuilletée, il faut la malaxer avec lenteur et délicatesse, du bout des phalanges sans la brutaliser ni la blesser, c'est le secret. Si tu la bats comme plâtre, elle sera dure et cassante et ne fera plaisir à personne. Tandis que si tu la frôles, elle deviendra aérienne et régalera. Lance encore un peu de farine pour que la pâte ne colle pas... En l'air ! Un nuage... Du bout des doigts, voilà ça vient. Est-ce que tu sens que ça vient ?

– Oui.

Au sous-sol de la boulangerie-pâtisserie d'Heurleville, Chantal Clément, trente-cinq ans, expliquait à Catherine les délicatesses intimes des tartelettes cannelées tandis que Bernard, son mari, enfournait des bâtards gros comme des bites d'ânes dans un four à bois.

Il était quatre heures du matin et Catherine vivait un rêve. Dans le silence du village, seulement bercé par le crépitement chaud d'une radio branchée sur R.T.L., Chantal, Bernard et Catherine préparaient le pain et les pâtisseries du jour.

– Tu n'es pas trop fatiguée ? Ça va, Catherine ?

– Oh oui, madame Clément !

– Tu te coucheras encore tôt ce soir, hein. Car il faut que tu sois en forme pour l'école, ma belle !

« Ma belle »... Ce n'était pas vrai mais plus doux à entendre que se faire traiter continuellement de « grosse futaille ». À l'école, les élèves l'avaient surnommée « Tartine ». Large comme une tranche de pain de campagne, la peau dorée à cause des taches de rousseur et boulangère... « Catherine », « Tartine »... C'était facile...

L'enfant de onze ans avait aussi une tête de pomme à cidre car la vie rurale au grand air lui avait éclaté sous la peau, quelques vaisseaux de ses joues devenues rouges.

À seize heures trente, après l'école, elle allait se recoiffer dans l'arrière-boutique afin d'être plus présentable pour la clientèle. Une frange dorée et lissée sur son front descendait comme une lave d'or au ras de ses yeux butés. Le reste de sa chevelure, rassemblée derrière son crâne, était retenu par une barrette fuchsia – de la même couleur que la façade du café-buraliste voisin, Le Penalty.

La démarche lourdingue et balançant ses épaules étroites de gauche à droite, lorsqu'un client arrivait, au début, elle demandait :

– Ouais, vous voulez quoi ?

Une fois le client servi à nouveau dans la rue, Chantal recommandait à Catherine :

– Il vaut mieux ne pas accueillir ainsi les gens. C'est plus joli si tu dis : « Bonjour, madame ou monsieur, que désirez-vous ? » Mais ça ira, tu verras...

Chantal savait rassurer Catherine et la mettre en confiance. Tous les mois elle lui donnait deux ou trois cents francs et l'enfant était contente. Celle-ci connaissait évidemment tous les noms des gâteaux en vitrine mais si une dame lui demandait un opéra, Catherine répondait :

– Attendez que je ne fasse pas de bêtises, un opéra...

Elle retournait l'étiquette vers elle et lisait :

– O-pé-ra. Oui, c'est bien ça.

Catherine était fière de montrer à tous que maintenant elle savait lire. D'ailleurs, avec son argent de poche, à côté, au Penalty, elle achetait des magazines... *O.K.*, *Podium*, *Mademoiselle Âge tendre*, elle lisait la vie des chanteurs le soir au lit avant de s'endormir. Chantal et Bernard lui avaient aménagé une chambre donnant sur la place. Avant de se coucher, Catherine n'oubliait jamais d'aller les embrasser tous les deux.

– Bonne nuit, ma belle !

Pendant quatre ans, elle habita chez eux du lundi soir au vendredi. Chantal la ramenait chez ses parents le samedi matin en faisant sa tournée et Catherine retournait chez les Clément, le lundi après l'école.

Les week-ends, Catherine n'en était pas folle... Arrivée à La Barberie, elle devait aussitôt aider sa mère. Sur la toile cirée de la table de la salle à manger, elle épluchait par exemple des châtaignes pour farcir le poulet ou la dinde du lendemain.

– Ensuite, t'iras faire ta chambre, avait un jour ordonné Suzanne... Puisque maintenant tu la fermes à clé, grosse futaille !

– Elle ferme sa chambre à clé celle-là ? avait demandé le père. Et pourquoi ?

– C'est ma chambre ! répliqua Catherine.

– Pour le temps que tu y passes pendant la semaine...

Ce samedi-là, après le déjeuner, pendant que Catherine débarrassait la table, le père qui avait été silencieux durant tout le repas, se remplissant un dernier verre Duralex de cidre dur, demanda :

– Et finalement, on peut savoir pourquoi t'as voulu travailler à la boulangerie ?

– Parce que je m'ennuie ici. Je préfère travailler plutôt que de rester chez vous.

Les deux frères et la mère regardèrent le père dans son gilet vert en « V », chemise et cravate de marchand de vaches.

– Tu t'ennuies..., répéta Georges en ramassant du bout d'un doigt les miettes de pain éparpillées autour de son assiette.

La tension montait, tout le monde le sentait sauf Catherine, insolente, qui s'en foutait. Elle était allée à la fenêtre près de la porte d'entrée, poser une main à plat contre une vitre pour ressentir les vibrations des camions qui passaient de l'autre côté. Alors qu'elle retirait sa paume et observait l'empreinte de buée laissée sur le carreau, Henri s'était approché et lui avait murmuré :

– Ne dis plus rien, sinon il va cogner... Et si ça saigne, je vais encore avoir les tempes qui bourdonnent.

Joseph, lui, près de l'escalier, avait glissé sa langue sur ses lèvres avec appétit...

– Bon, je vais aller faire ma chambre ! clama Catherine. Maman, tu me donneras un short pour la gymnastique, lundi ?

– Prends celui de Joseph puisqu'il est exempté.

– Grr..., grogna le fils aîné.

Le lendemain matin, le dimanche... Catherine est descendue pour le petit déjeuner vers dix heures trente. Suzanne, une bassine de fer émaillé sur les genoux, retirait des fils d'haricots verts en regardant tout près, la messe à la télé. Le père, rassemblé dans un fauteuil, lisait dans *Ouest-France* les cours du bétail au marché au cadran de Moyon.

– En tout cas, tu n'as pas l'air de t'ennuyer au lit..., grommela-t-il comme s'il continuait une phrase commencée la veille.

– Tous les matins, je me lève à trois heures, dit Catherine en passant devant lui.

– Hé ! Tu n'oublies rien ?

– Quoi ?

Le père avait dû prévoir cette réponse car il avait déjà sa ceinture enroulée autour d'un poing. Il se leva et boxa sa fille de onze ans en pleine poitrine. Cueillie à froid, elle tomba à genoux comme un sac de sable derrière la chaise de sa mère. Georges déroula la ceinture et lui fouetta le dos, les bras et les jambes.

– Et l'anniversaire de ton père ? Ça t'ennuierait aussi de fêter l'anniversaire de ton père ?

En cette année 77, nous étions déjà le 10 avril et Catherine l'avait oublié... La boucle en fer de la ceinture claquait sur les clavicules de l'enfant parmi ses hurlements. La mère tremblante et permanentée ne se retourna pas. Elle tendit seulement un bras pour augmenter le son de la télé car elle n'entendait plus les « Amen », « Au nom du père », « Tu pardonneras à ton prochain », « Dominus sanctus », etc.

Catherine avait roulé sous la table, pensant se protéger. Mais le père balança au hasard de grands coups de brodequins lacés dans sa fille. Alors, coincée entre les pieds des chaises comme dans la cage d'un zoo, elle cria de rage : « Bon anniversaire ! Bon anniversaire, papa ! Bon anniversaire et mes vœux les plus sincères ! »

– Ah tout de même ! Pep, fww..., rigola le père.

Puis, retournant à son fauteuil, il continua :

– Toi qui travailles dans une boulangerie, t'aurais pu aussi m'apporter un gâteau et des bougies mais je vois qu'il ne faut pas trop t'en demander. Pep, fww...

Catherine avait rampé sur le carrelage jusqu'à la porte vitrée de la cuisine, puis elle était sortie dans la cour attendre lundi.

Tous les lundis matin, Catherine fuyait La Barberie en courant et en short aussi puisqu'elle avait gymnastique. Cet ancien short de Joseph, en acrylique rouge, était bordé d'une ganse blanche.

De ses pieds plats et en canard, elle courait vers Heurleville qui se trouvait à environ cinq kilomètres – trois descentes et deux côtes. Souvent de grands camions majestueux la dépassaient. Elle ressentait dans tout son corps la déflagration de l'air.

Une pomme à la main, lorsque c'était la saison, cueillie en route près de la ferme des Blandamour, les camions l'ignoraient presque toujours. Elle agitait pourtant vers eux, ses bras comme des essuie-glaces. Alors, essoufflée et déçue, elle se mettait à marcher pendant une montée en croquant la pomme comme si elle se dévorait la figure.

Quelquefois, quand même, des camionnettes de laitiers ralentissaient à sa hauteur mais c'était pour se moquer d'elle et de sa course. Le ripeur à côté du chauffeur se penchait à la portière :

– Allez, remue-le ton cul... Chérie !

Puis le camion accélérait et basculait dans la descente suivante.

– Moi aussi, je vous aime..., haletait Catherine à la route soudain devenue vide.

Elle reprenait alors sa course, inépuisable, et ses cuisses de pintade gigotaient à nouveau maladroitement. Dans des chaussures de ville qui indiquaient toujours dix heures dix, ses pieds faisaient flic-flac comme si elle était une volaille palmipède.

Ah vraiment ce n'était pas à elle qu'il aurait fallu demander, l'année dernière, d'aller faire l'oiseau et taper treize / vingt-quatre / soixante-seize sur le cinq mille aux J.O. de Montréal...

Comme punching-ball, elle encaissait pas mal mais sinon, ce n'était pas une sportive, Tartine !

8.

– Le-vez les bras ! Extension, inspirez, expirez, soufflez... Le-vez les bras !

Sous le préau de la cour décoré d'une fresque enfantine aux couleurs acides, vingt-cinq filles de fermières faisaient leur gymnastique...

Mme Meusseul, la prof de gym, trapue, la cinquantaine et les cheveux épais gris courts, répétait sans cesse : « Le-vez les bras, extension, etc. »

Les élèves sur quatre lignes, jambes écartées, devaient du plat des mains tenter d'aller toucher leurs pieds (sans plier les genoux) puis se redresser et tendre leurs ongles vers le plafond en béton comme si elles voulaient le repeindre.

– Le-vez les bras ! Eh bien Catherine, j'ai dit de lever les bras...

– J'ai mal au ventre, madame.

– Tu veux aller aux toilettes ?

– Oui, s'il vous plaît.

Catherine, soudain cassée en deux dans le short rouge de Joseph, avait traversé la cour. Les toilettes scolaires étaient extérieures, alignées contre un mur près de la cage de hand. Les portes en bois ne touchant pas le sol, on pouvait voir dessous les culottes tombées sur les souliers. Ces portes n'étant pas très hautes non plus, un adulte pouvait regarder par-dessus. Catherine a baissé son short et a été stupéfaite.

– Madame Meusseul !

– Quoi ?

– Venez voir...

Accoudée au sommet de la porte comme à un bar, Meusseul a regardé de l'autre côté et a pronostiqué :

– Eh bien quoi ? Ça t'arrivera tous les mois.

– Tous les mois ? Ça ?

La prof est retournée à son cours en tapant dans ses mains « Allons, allons mesdemoiselles ! » tandis que des filles de la classe, qui s'étaient penchées pour regarder sous la porte, caquetaient :

– Tartine, elle a ses règles ! Tartine, elle a ses règles ! Tartine.

Tartine ne comprenait pas cette hémorragie soudaine. Alors après l'école, dans l'arrière-boutique, un torchon dans le short, elle en parla à Chantal. Celle-ci sourit tendrement.

– Est-ce que c'est vrai, madame Clément, que ça va m'arriver tous les mois ?

– Mais oui, à peu près. C'est indispensable pour avoir des enfants.

– Pourquoi ?

– Ta maman ne t'a pas prévenue ?

– Oh elle, à part ses fleurs, nous, hein... Moi, surtout !

– Ne la critique pas trop. Tu verras peut-être toi aussi, plus tard, que ce n'est pas toujours si facile d'avoir un mari et des enfants...

– Elle préfère ses fleurs à moi ! L'autre jour, je les ai comptées. Elle en a cent qu'elle dorlote matin et soir tandis que moi...

– Mais tu es jalouse...

– Ouais ! Plusieurs fois, elle m'a bousculée avec son arrosoir en me disant : « Mais pousse-toi de là, tu vois bien que tu gênes ! » C'est pas une mère, ça. C'est une fleuriste. Moi, je ne lui ressemblerai pas. Je m'en occuperai bien de mes enfants et tout le temps !

– J'aurais aimé en avoir aussi..., a rêvé Chantal en classant dans des boîtes à chaussures vides des bougies d'anniversaire reçues en vrac – des bleues et des roses. Une fille comme toi par exemple, ça m'aurait plu mais...

– Vous ne saignez pas, vous ? Vous avez de la chance...

Chantal a souri.

– Non.

Puis, pour faire diversion, elle entreprit d'expliquer le fonctionnement biologique normal des femmes. Elle parla aussi d'hygiène intime et demanda :

– Tu as compris ?

– Ouais, j'aimerai jamais les fleurs fraîches ! Je préférerai toujours les artificielles. Quand je me marierai avec un routier, il n'y aura que des fleurs en plastique à mon mariage.

– Ah ? Comme celles dont on recouvre les tombes ? En attendant, il va te falloir d'autres sous-vêtements de rechange pour la semaine et puis aussi des tampons ou des serviettes. Si tu veux, tout à l'heure, je t'accompagnerai à la pharmacie et chez tes parents.

– Non. Je préférerais y aller à pied maintenant. Je peux, madame Clément ?

– Va, mais d'abord enfile cette robe parce que là, ton short avec le torchon qui dépasse...

Catherine retira son pull et Chantal découvrit la poitrine nue de l'enfant.

– Mais c'est quoi, ces marques ?

– Souvenir de week-end...

– Ils te battent ?

– Non, non, c'est rien. C'est ma faute.

Catherine ne disait pas tout à Chantal. Par exemple, elle ne lui a pas dit que tout à l'heure, sur le bord de la route, découvrant les collines puantes de colza, elle répéterait comme une litanie :

– D'autres fleurs...

À La Barberie, sa mère arrosant un bouquet de gueules-de-loup, lui a demandé :

– Ben, qu'est-ce que tu fous déjà là, toi ? On est pas samedi.

– Un truc à faire, dit Catherine en montant l'escalier. Un truc à laisser là.

– Quoi ?

La porte de la chambre, qui claque avec sa clé tournée à double tour, fut la seule réponse de l'enfant têtue. Puis ce fut une robe de laine qui bêla parce qu'on la soulevait, une culotte souillée qu'on baissa vers les genoux et une main qui fouilla. Il y eut ensuite un léger bruit de chose encombrante qu'on déplace puis une paume se posa à plat sur le papier peint d'un mur. Ensuite ce fut le bouton d'un robinet qu'on tourne d'une main gauche alors qu'on est droitière. Dans le lavabo, l'eau devint rose. Une serviette à carreaux se débattit entre deux mains comme prise à un piège, puis ce fut enfin une voix d'enfant qui cria pour demander :

– On est le combien ?

– 11 avril 77, grosse futaille ! Hier, c'était l'anniversaire de ton père...

– Ah oui, c'est vrai... 11 avril 77.

Un Bic bleu fut reposé sur une table de nuit. Nouveau déplacement léger et encombrant. La porte de la chambre claqua encore, bruit de serrure, Catherine redescendit l'escalier, un pochon à la main, et fila sur la N. 13 tandis que sa mère, finissant de jeter du grain aux poules, lui lança :

– Ça y est, te v'là déjà repartie, toi ?

Effectivement, sa fille n'était plus là. Au-dessus de la porte d'entrée et son auvent de tuiles, la colombe en céramique se fêla davantage.

– Elle pousse de travers c'te mauvaise graine. Je me demande ce qu'elle deviendra plus tard, dit Suzanne en traversant la nationale, vers le jardin, un arrosoir dans chaque main.

À l'étage de la ferme, une tulipe différente, rouge et palpitante, coulait dans l'ombre mélancolique d'un papier peint stupide. Catherine était venue déposer dans sa chambre l'empreinte de ses premières règles ! Elle est revenue le mois suivant en laisser une deuxième à côté et ainsi de suite... Cette fresque obsessionnelle – effusion lyrique – cette frise se poursuivit du 11 avril 77 au 28 mars 85 : jour de la mort de Chagall (réputé, lui, pour avoir décoré autrement le plafond de l'Opéra-Garnier).

Huit ans de règles... Huit fois douze, quatre-vingt-seize, pratiquement cent. Cette frise fut la réponse florale et fatale de Catherine à Suzanne.

Pendant les quatre années où la préadolescente habita chez les Clément, quand ça tombait le weekend, c'était tant mieux, sinon elle prétextait un oubli pendant la semaine et allait déposer chez ses parents son empreinte intime et sanglante.

Le père, pas con, trouvait énigmatiques ces aller et retour inopinés. Alors un soir où Catherine venait de repartir à pied pour Heurleville, il demanda à Suzanne :

– Tu as un double de la clé de sa chambre ?

– Oui, dans le tiroir.

– Fais voir... J'espère qu'elle ne pique pas d'argent à la boulangerie pour venir le planquer chez nous. Avec elle, il faut s'attendre à tout.

Le père et la mère pénétrèrent le territoire de leur fille. Ils regardèrent sous le lit, soulevèrent des oreillers, passèrent la main dans des endroits susceptibles d'être des cachettes sans rien trouver. Alors le père entreprit de regarder dans la penderie.

Elle était en Nylon vert d'eau tendue sur une fine armature de fer et s'ouvrait grâce à une fermeture Éclair. En tirant sur le zip du meuble léger, celui-ci se déplaça un peu. C'est alors que la mère appela :

– Georges, viens voir.

Son mari regarda.

– Mais qu'est-ce que c'est que ça ?

Il y avait déjà là, dissimulées par la penderie, six tulipes artificielles côte à côte datées dessous maladroitement au stylo-bille bleu...

– Elle sait écrire ? demanda le père.

– Joseph lui a appris l'année dernière.

– Ah, je ne savais pas.

Quelques fleurs étaient déjà couleur terre de Sienne ou brun de Hongrie. L'avant-dernière, rose délavé, précédait celle d'aujourd'hui, luisante et rouge vif.

– Mais qu'est-ce que c'est que ce recel ?

– De la peinture d'hommes des cavernes ?

– On dirait du sang, dit le père, mais du sang de quoi ?

En ex-professionnel des abattoirs, Georges trempa un index dans la fleur rouge, puis le posa sur sa langue et mâchonna comme un œnologue. Sans le savoir, il goûtait le sang des règles de sa fille...

– C'est pas de la volaille, c'est pas du bovin... Ça a un petit goût sauvage... Du gibier ? J'y comprends rin !

– En tout cas, ça pue, dit la mère en ouvrant la fenêtre pour aérer. Je préfère l'odeur de mes fleurs sur les balcons, moi.

M. et Mme Nicolle redescendirent silencieux. En paysans réfléchis, pressentant une réponse inouïe, ils préférèrent aussi ne jamais interroger Catherine à ce sujet. Ils pensèrent juste : « On a une drôle de fille... »

– C'est vrai qu'ils avaient une drôle de fille. Pourquoi tu faisais ça ?

– Je me demandais pour qui serait ce bouquet de fleurs de mon sang rouge.

– Drôle de trousseau...

9.

À la cave de la boulangerie, dans la chaleur du fournil, Catherine, assise sur une épaisse table en chêne où traînait un peu de farine, regardait Bernard Clément travailler. En large pantalon de toile fine, à petits carreaux bleus et blancs et maillot de corps, il enfilait des pains roses et humides dans la gueule avide et noire du four à bois. Au fond, traînaient des flammes.

Catherine, distraitement, par mimétisme, prit un éclair au café et l'engloutit dans le paradis de sa bouche en « O ».

Bernard remontait souvent d'un revers de main une mèche rebelle et brune qui lui barrait le front. La fine barbe noire de cet hercule des bâtards luisait de sueur. Les muscles de ses épaules nues s'activaient comme les tiges d'une machine à vapeur. Lorsqu'il levait les bras pour soulever la porte du four et vérifier la cuisson, Catherine voyait sous ses aisselles les poils trempés. Il passa près d'elle et Catherine huma son corps. Il avait l'odeur acide de tous les hommes à l'effort.

– Elles sont prêtes les bourdes, Catherine ?

– Oui, je les ai posées là, sur leur plaque.

– Ah oui, très bien, merci.

Bernard avait un sourire régulier comme ses dents gentilles.

Les bourdes, appelées aussi bourdots ou bourdelaux selon les villages de Basse-Normandie, sont une spécialité locale – des poires entières enrobées d'une pâte feuilletée que l'on fait cuire en même temps que le pain. Seule la petite queue du fruit dépasse de la pâte comme un clitoris. Tartine ressentit des picotements.

Les bourdes debout, ventrues et pataudes, alignées régulières comme des petites amoureuses disparurent dans l'enfer du four. Elles allèrent en robe de cérémonie, naïves et joyeuses, vers le mariage de la pâtisserie et du feu.

Tous les matins, lorsque Bernard glissait les bourdes dans le four, Catherine s'endormait en rêvant. Et les crépitements du bois qui brûle sonnaient alors à ses tympans comme des bourdons d'église. La porte du four fermée, elle entendait aussi à l'intérieur des orgues.

– Eh bien Catherine, tu roupilles ?

C'était la voix claire et carillonnante de Chantal.

– Non, ça va, dit l'adolescente se passant quand même une main sur la figure.

– Tu veux bien m'aider à monter les croissants et les pains au chocolat ?

– Bien sûr. En plus, il va être sept heures et quart, faut que je fasse le trottoir...

Catherine, un plateau de croissants sur les bras, suivit Chantal dans l'escalier malcommode qui menait à la boutique. En grimpant les marches de pierres lisses et usées, elle regarda le gros derrière de Chantal. Les fesses de la patronne étaient semblables aux siennes. Et tout comme Chantal, Catherine était aussi étroite d'épaules.

– Je lui ressemble et elle a un beau mari. Tous les espoirs me sont permis, pensa Tartine.

Tous les matins à sept heures et quart, elle balayait et lavait le trottoir devant la boulangerie.

Tous les matins à sept heures et quart, un tracteur passait et la klaxonnait, suivi de sa tonne à lisier.

C'était Vincent Blandamour qui conduisait (le fils des paysans de La Clergerie, entre La Barberie et Heurleville). Il avait vingt-quatre ans et lui faisait de grands signes, agitait ses deux bras en l'air.

– Hé, tiens ton volant, toi, Guignol ! dit un paysan qui l'évita à vélo.

Mince, long de dos, salopette verte, nez pointu et les cheveux ras châtains, Vincent avait dix ans de plus qu'elle. Catherine, tous les matins, répondait à son klaxon et son enthousiasme aussi démonstratif que muet d'un petit signe poli.

– Il serait pas un peu amoureux de toi, celui-là ?

La fille de quatorze ans, un balai entre les mains, s'était retournée. Chantal regardait s'éloigner la tonne à lisier et le conducteur qui continuait de gesticuler.

– Un paysan, madame Clément ? Baah...

– Eh bien quoi ?

– Moi, je me marierai avec un routier. Je n'aime que les routiers.

– Donc je n'ai rien à craindre pour Bernard ? rigola Chantal en retournant dans la boulangerie.

– Non, rien du tout. Moi, c'est les routiers, dit Catherine en la suivant.

Vincent Blandamour était timide et amoureux de l'adolescente ronde. Tous les matins à sept heures, au point mort, il attendait en faction au bout de la place et, dès que Catherine sortait balayer, il passait la première et lâchait le frein à main en cherchant le klaxon. Fils unique d'une famille de paysans aisés, tout autour de La Clergerie, les Blandamour possédaient des champs, des prairies, des troupeaux et des vergers. On disait d'eux qu'ils avaient de quoi !

Vincent venait une fois par semaine à la boulangerie, le mardi, c'était une tradition. Il voulait voir Catherine de plus près car elle lui avait manqué durant le week-end. Il voulait aussi l'entendre car il aimait sa voix. Et c'est vrai que celle-ci ne correspond pas à son physique. Catherine a la voix trompeuse des actrices de doublage...

Le gars Blandamour ayant remarqué que la fille Nicolle avait la manie de répéter les commandes qu'on lui passait, le mardi avant qu'elle ne parte pour l'école, il lui demandait :

– Une chouquette, s'il vous plaît, mademoiselle.

– Une chouquette..., répétait Catherine.

– Une bourde.

– Une bourde...

– Un croissant.

– Un croissant...

– Un chausson aux pommes.

Vincent revenait toujours chez lui avec vingt-cinq viennoiseries, alors sa mère rouspétait :

– Mais pourquoi tu achètes tout ça ? On n'est que

trois... Après on en a pour la semaine et ça ne se garde pas ces trucs-là.

Un mardi, après une assez grande quantité de commandes, Catherine lui a demandé :

– Mais vous voulez de tout alors ?

Il faillit répondre « oui » mais se ravisa :

– Heu non, je ne sais pas.

Il avait craint qu'en répondant « oui », Catherine répète « bon, alors de tout » et ne dise plus rien. Cela l'aurait rendu triste.

Mais Catherine n'était pas attentive au jeune homme. Un paysan ne pouvait pas être son alcool. Elle préférait, en achetant des magazines au Penalty, s'enivrer de l'odeur des routiers qui avaient garé leurs camions sur la place pour venir se réchauffer au café.

Elle y restait parfois longtemps recherchant leurs odeurs d'essence et d'huile près du juke-box à fond qui la saoulait aussi de chansons crétines.

En sortant elle rôdait autour des camions sur la place, caressant les cabines encore chaudes, les essieux, les remorques et les belles-mères derrière (les secondes remorques).

Devenue adolescente, elle avait maintenant le droit de se coucher plus tard. Certains soirs, plutôt que de regarder la télévision avec les Clément, elle demandait à Chantal :

– Est-ce que je peux aller un peu au bord de la nationale ?

Elle demandait poliment, on lui répondait oui gentiment, c'était la vie idéale.

Après s'être assise sur une borne kilométrique et avoir regardé passer quelques semi-remorques, pleine du désir intense de se jeter à leur marais, elle retournait à la boulangerie. Sa chambre juxtaposant celle de Chantal et Bernard, parfois elle entendait sous leur lit les ressorts chanter, alors Catherine s'endormait en murmurant :

– Un routier...

10.

Trois ans après ses premières règles, Catherine avait déjà un corps de femme et aussi beaucoup grossi (le bon pain, les gâteaux !). Le short de Joseph lui était devenu trop petit.

– Maman, faudrait quand même que tu m'en achètes un autre.

– Mais non, il va très bien et puis sinon démerde-toi. Elle te file des sous, la boulangère, alors démerde-toi avec !

– Bon, j'en achèterai un au marché parce que là, il me serre... Drôlement.

Du lundi matin suivant, Tartine se souviendra toute sa vie... Dehors, il y avait un brouillard de folie comme souvent en Basse-Normandie. Si, sur le pas de la porte, on tendait un bras devant soi, on n'apercevait plus ses doigts et se trouvait alors décontenancé par le nouvel agencement de son corps.

Le père à la fenêtre avait renoncé à sortir la bétaillère :

– Tant pis, je vais attendre que ça se lève. Partir maintenant serait déraisonnable.

Tartine a un peu attendu aussi, puis a dit : « Je vais y aller quand même. » Une sorte de pressentiment.

Elle est sortie dans la déraison. En courant !

Les camions étaient devenus des baleines qui plongeaient et disparaissaient dans l'océan blanc cotonneux des descentes. Ils réapparaissaient, victorieux, aux sommets d'écumes fantastiques des côtes. Leurs phares antibrouillard jetaient des flashes diffus de voie lactée pareils à des hallucinations spasmodiques.

Tout était à l'envers, irréel, cul par-dessus tête, on ne voyait rien. Et Tartine, partie sur la gauche, courait dans la rêverie confuse, à l'aveuglette, sans savoir où elle mettait les pieds... Fantôme, elle devinait le haut de ses cuisses mais apercevait mieux le short rouge incrusté dans la pâte feuilletée de son sexe agité d'une drôle de danse pâtissière...

Sois légère, envole-toi, frôle seulement la pâte...

C'était vraiment un matin de magie primitive – une recette soufflée dans la nuit par Joséphine Degueulinel : la sorcière d'Heurleville.

La mécanique de la course se mit en place. Des apparitions de voitures lentes l'éblouissaient un bref instant, la croisant presque au pas. Tartine filait dans l'inconnu comme un bandeau blanc sur ses yeux colin-maillard et c'était une sensation bizarre. Sa course s'effilant, se balançant, s'étalant, elle sentit bientôt un frisson en haut, à l'intérieur de ses jambes...

Un vaste D.A.F., immatriculé dans le Rhône, comme une vision trouble la doubla plus que lent d'une vitesse régulière. Tartine découvrit bientôt ses feux arrière et ses cataphotes. Alors elle calqua sa course sur le camion au ralenti pour qu'il la guide.

C'était un matin de monde vide, de silence intérieur. Dans l'air saturé de vapeur on n'entendait aucun bruit de moteur et Tartine n'était plus qu'un sexe flottant dans un nuage.

Les yeux rouges à l'arrière de l'engin paraissaient être en lévitation. Bientôt Tartine ne remarqua plus que les battements de son propre cœur et le frottement acrylique insistant du short.

Le camion accéléra, Tartine fit de même. En tendant ses lèvres, elle aurait pu poser sa bouche sur le cul du D.A.F. lyonnais (69). Elle se sentit aussi envahie d'un trouble inédit dans la région du ventre. Les pointes de ses seins se dressèrent. « Tiens ? » Elle écarquilla les yeux et garda le rythme, attentive seulement à la danse des cataphotes et au feulement du short.

Ce fut de plus en plus intense, le camion accéléra encore, Tartine aussi. Ça devint presque insoutenable et le D.A.F. roulait à présent beaucoup trop vite pour les lèvres intimes de Catherine. Vers quel délire l'entraînait-il ? Ah, le sadique.

Les coudes de l'adolescente se décrochèrent alors de ses hanches, se dérobèrent en désordre comme les genoux sous les cuisses mais elle accéléra. Sa tête sans raison partait dans tous les sens, s'agitait, titubait. Elle voyait les cataphotes, elle ne les voyait plus, elle voyait les cataphotes, ah ! Mais où étaient-ils donc ?

Les feux arrière du camion avaient disparu dans le brouillard sans un mot d'adieu, une bise, une promesse de retour...

Tartine qui courait encore en fut secouée d'une danse de Saint-Guy. Déboussolée, elle était aussi une toupie prise de folie. C'est alors que le silence en elle se déchira comme la vitre que le poing traverse : « Aaah... »

– Aaah... Bordel de Dieu, putain de salope ! jura Tartine, les cheveux dressés sur la tête.

Sa course s'était fissurée, l'édifice avait rompu et les digues cédé. Tartine, tombée à genoux sur le bitume, jouissait la tête entre ses jambes au milieu de la nationale sur une ligne blanche discontinue... Et ce fut long.

Ne sachant plus où elle était ni quel était son nom, à quatre pattes, elle essaya de retrouver son souffle et ses jambes secouées de tics imbéciles. Elle tâta aussi du plat d'une main la route recherchant le contact d'un bas-côté. Puis ayant enfin senti la rosée d'une végétation, elle se redressa, chancelante comme le veau qui vient de naître.

– Oh ben merde alors ! Comment ça s'appelle, ça ? Faudra que je demande à Mme Clément.

Elle reprit sa déambulation funambule dans le brouillard.

– Ça fait mal aussi mais c'est mieux que les règles, dis donc.

Elle marcha encore longtemps dans ce cumulus épais abattu sur Heurleville et ses lieux-dits.

– Ah, si ça pouvait également m'arriver tous les mois...

Tartine prenait garde maintenant à sentir la rosée des hautes herbes du bas-côté sur sa cheville droite car elle n'avait plus le camion-amant pour la guider dans le nuage.

Au bout d'un temps, elle fut surprise de devoir se déplacer encore car il lui semblait avoir déjà couru longuement vers Heurleville. Mais voilà que tout près, elle crut deviner l'angle flou d'une architecture. « Ah tout de même ! » Elle s'approcha et s'étonna drôlement :

– Merde, mais qu'est-ce que tu fous encore là ?

C'est exactement ce que lui a demandé aussi son père quand elle a poussé la porte d'entrée car elle était de nouveau à La Barberie !

– T'es partie, il y a une heure... Qu'est-ce que t'as branlé pendant tout ce temps ?

– Alors là je ne sais pas, a répondu Tartine. J'ai couru tout droit... Mais me revoilà.

Catherine n'a pas pensé qu'en tombant elle avait dû pivoter dans le brouillard sans s'en apercevoir... Que peut-être elle avait rebondi comme un boomerang contre son premier orgasme.

– Et l'école ? a demandé la mère qui triait des lentilles. C'est moi qui vais porter le bonnet d'âne ?

– Demain ! Là, je suis crevée. Je vais attendre c'tantôt pour aller chez les Clément et puis voilà. En plus, ça me brûle, j'ai attrapé des cloques en courant.

– Aux pieds ?

– Non ! dit Catherine en montant lourdement l'escalier.

– Ben où elle a attrapé des cloques alors ? demanda Suzanne à Georges.

– Qu'est-ce que j'en sais, moi ? J'y comprends rin à c'te grosse vache.

La mère se leva pour regarder sa fille gravir l'escalier avec autant de difficultés qu'une paraplégique.

– C'est pourtant vrai qu'il t'est trop petit ce short. T'arrives même plus à grimper l'escalier avec, sacrée amouillante. Si je peux, à la fin du mois, je t'en achèterai un autre.

– Non, non, ne te lance pas dans des frais, maman ! En fait, il est parfait ce short, j'aurais pas pu rêver mieux. C'est toi qui avais raison. Comme quoi je ferais mieux de t'écouter plus souvent...

– Est-ce qu'elle se fout de ma gueule ? se demanda Suzanne en allant chercher des bidons de lait à tâtons dans l'étable pour les déposer au bord de la nationale.

Dans sa chambre, Catherine retira ses vêtements car ils étaient trempés par la sueur et aussi les gouttelettes en suspension du brouillard. Au lavabo, elle inonda d'eau glacée un gant de toilette.

– Dis donc, ça chauffe.

Elle s'allongea ensuite sur le lit et installa à plat le gant trempé sur son sexe gonflé et brûlant – gorge de dindon en colère. Puis ayant la flemme de se relever pour aller tirer le volet, elle prit sur la table de nuit le dernier numéro de *Podium* avec le visage hilare du roi des rockers français en couverture. Elle posa le magazine sur ses yeux afin de se remettre de ses émotions dans une obscurité relative.

Cette grosse vache, dixit le père... Cette Tartine nue à tête de Johnny Hallyday ayant un gant de toilette douteux en guise de string... Cette fille donc, avec maintenant derrière elle plus de trente empreintes de règles datées débordant de l'ombre de la penderie, commençait à avoir de l'allure...

Amas de solitude, elle ronfla lourdement épuisée par tout en rêvant à un routier inconnu, immatriculé dans le Rhône, qu'elle ne reconnaîtrait jamais et qui pourtant aura été le premier à savoir la faire jouir.

– Rrrr...

À la boulangerie, dans l'après-midi, Catherine était toujours chamboulée.

– Madame Clément, il m'est encore arrivé un drôle de truc dans le short de Joseph.

– Ah oui, quoi ?

Catherine a raconté à Chantal son aventure matutinale. Celle-ci a alors pouffé de rire le sucre glace de la tartelette aux myrtilles qu'elle dégustait. Un petit nuage blanc s'est formé venant flotter au ras du carrelage.

– Attends, je n'ai pas rêvé... Tu as eu ton premier orgasme en courant après un camion... C'est bien ça ?

– Ah oui, peut-être, je ne sais pas, je ne connais pas le mot... Mais en tout cas, plutôt qu'un short, c'est des baskets qu'il va falloir que je m'achète. Est-ce que vous pourriez me conseiller une marque ?

Et depuis ce jour, tous les paysans du canton firent tourner un index sur leur tempe en voyant Catherine en Adidas courir après des camions des week-ends entiers.

– Elle a décidé de nous foutre la honte ! disait le père.

Mais en passant et repassant sur la nationale devant la ferme de ses parents, Tartine ne parvint jamais, hélas pour elle, à retrouver le « la », la note bleue, le tempo magique qui un matin de grand brouillard l'avait conduite au ciel. Elle ne put jamais reconstituer en courant la loi physique des frottements érotiques.

– Pourtant, j'en ai fait des kilomètres dans le short trop petit et par tous les temps ! Qu'il pleuve, qu'il neige, qu'il y ait du vent ou du brouillard. Mais rien, à part des points de côté ou des claquages qui m'immobilisaient au lit une semaine, que dalle !

11.

– Mais pendant tout ce temps, Catherine, où tu courais après des semi-remorques, espérant jouir encore, qu'étaient-ils devenus tes frères ?

– Joseph avait grandi en même temps que ses crises d'épilepsie. Le docteur Coligny avait voulu lui faire décalotter le cerveau mais l'opération a raté. Alors il s'était retrouvé la boîte crânienne comme posée à l'envers et hémiplégique du côté droit. À Cherbourg, où bien sûr on l'avait ensuite refusé dans la marine, il vivait avec une handicapée physique et était devenu très méchant. Souvent, quand papa n'était pas là, il téléphonait à maman pour l'insulter, la traiter de salope, putain et la menacer de lui défoncer le cul, enfin des trucs pas gentils, quoi...

– Je vais t'enculer, vieille morue !

La mère avalait des cachets en pleurant.

– Joseph, ne dis pas ça. On te soignera.

– Me soigner ? Quelle rigolade. Il est là, l'autre con ?

– Non.

– J'arrive.

Et en boitant, à moitié en rampant, il venait souvent à La Barberie lui jeter de grands coups de béquille sur la gueule, la pincer, la griffer et la mordre. La mère planquait ses oreilles car elle se rappelait la truie Naïma mais elle entendait quand même son fils lui chanter à la face :

– Regarde comment tu m'as fait ! Regarde ! T'es contente, hein ! C'est du beau boulot, ça ! Regarde à quoi il ressemble celui qui voulait devenir fusilier marin !

Et il la battait encore puis soudain fuyait, retournant au port de Cherbourg comme il était venu, en autocar... Il faisait l'aller et retour plusieurs fois par semaine.

– Les voyages ne lui coûtaient rien, il avait une carte d'invalidité... Moi j'étais chez les Clément, Henri en apprentissage dans une entreprise de ravalement de façades, papa achetait des vaches à travers la région... Aucun de nous trois ne savait ce qui se passait à la maison quand on n'était pas là.

Lorsque la mère avait des marques trop voyantes sur la figure, les jambes ou les bras, elle accusait les animaux de la ferme. C'était parce qu'une vache lui avait donné un coup de pied au moment de la traite, parce qu'une truie l'avait mordue alors qu'elle lui versait sa pâtée... C'était parce que le jars l'avait encore pincée ou le dindon attaquée... Et le père s'étonnait :

– Mais pourquoi elles deviennent aussi brutales, ces bêtes, quand je ne suis pas là ?

– *Alors maman subissait son fils aîné sans rien dire.*

– *Pourquoi ne disait-elle rien ?*

– *Papa aurait abattu Joseph d'un coup de fusil. D'ailleurs, c'est ce qui a failli se passer un peu plus tard.*

À dix-neuf ans, c'était étrange, Joseph avait une tête de vieille femme. On aurait dit Suzanne. D'autant plus que, pour masquer les cicatrices atroces de son crâne, il avait longuement laissé pousser ses cheveux par-dessus. Il les faisait aussi permanenter comme ceux de sa mère dans un salon de coiffure pour dames à Cherbourg. Il y allait avec une photo d'identité de sa maman en disant :

– Faites-moi cette tête-là.

Alors, c'est la chevelure parfumée, noire et laquée comme un dimanche qu'il venait frapper Suzanne. Plus il lui ressemblait, plus il la battait. Lui qui avait voulu devenir soldat, s'habillait finalement de frusques achetées dans des stocks hippies sur les marchés. Il portait des symboles de la paix sur des habits militaires et des chemises à fleurs... Encore la mère ! Celle-ci, pauvre déjà vieille, tremblait et se droguait en douce. Le père commençait à trouver tout à fait bizarre le comportement de sa femme et doutait à présent de la violence des animaux. Alors un jour sans rire, désignant une profonde morsure au menton, il lui demanda :

– Qui te fait ça ?

– Joseph..., a craqué Suzanne en pleurs, mais jure-moi que tu ne le tueras pas ! Il appelle tous les jours et débarque quand t'es pas là.

– Fais-le venir.

– Jure-moi !

La mère décrocha le combiné et composa un numéro.

– Joseph ?

– Tiens, tiens ? Alors salope, je te manque ? Mais est-ce que t'as bien chié aujourd'hui ? Est-ce que t'as encore dégueulé ta vie ? Est-ce que tu as pété ce matin, putain ?

C'était pure folie...

– Joseph...

– Il est là, eul' père ?

– Non, il est parti.

– Bon alors j'arrive et tu vas voir ta gueule !

– Lorsqu'il est arrivé dans l'après-midi, on était tous là. Henri, je ne sais pas pourquoi, avait déjà terminé sa journée de travail et moi j'avais mes règles.

Quand Joseph a violemment ouvert la porte, le père était à la table avec le fusil. Catherine attendait debout, les bras croisés contre l'escalier. Les paumes d'Henri recouvraient ses oreilles, Suzanne s'essuyait les mains à son tablier bleu.

Le père a armé son fusil et visé le fils. Henri s'est jeté les bras en croix devant l'arme :

– Non papa, fais pas ça !

– Te bile pas, petit, tu n'auras pas de migraine. Je sais ce qui me retient. J'ai promis à la mère...

Puis poussant Henri du canon, il s'est adressé au fils aîné :

– Mais toi, connard, maintenant tu te barres et ne téléphone ni ne reviens plus jamais ici sinon t'es mort.

Joseph n'a rien dit. Il a refermé la porte, est parti en courant sur la nationale avec ses béquilles et sa patte folle. Catherine a finalement téléphoné à Chantal :

– Madame Clément ? En fait ce soir, je vais rester là. Je ne reviendrai que demain.

– Rien de grave ?

– Non, non, ça va aller.

Personne n'a rien dit dans la maison. Il n'y eut aucun commentaire. Le soir, alors que tous les quatre étaient en train de dîner, le téléphone sur le buffet sonna. Le père se leva et décrocha.

– Allô, heu... Vous êtes bien le père de Joseph Nicolle ?

– Oui, qui est à l'appareil ?

– Ici, la gendarmerie de Montebourg. Voilà, il y a un petit souci, votre fils vient de se pendre.

Le père est devenu blanc.

– Il s'est pendu à un poteau télégraphique, a continué la voix du gendarme. Tout en haut, il a fait un nœud coulant. Il l'a très bien fait d'ailleurs. Avant il n'y arrivait pas parce qu'il passait la corde à l'envers mais depuis il a appris. Et tout ça, d'une seule main ! Faut le faire, hein ?

Le père écoutait et, dans la salle à manger, tout le monde le regardait.

– Monsieur Nicolle, vous êtes toujours là ?

– Oui, oui.

– La corde qui a pendu votre fils a aussi servi à pendre des truies.

– Ah bon.

Le père s'était étonné que la gendarmerie puisse déjà fournir autant de précisions.

– Mais surtout ne bougez pas, on vous rappellera, a conclu la voix du gendarme. Toutes mes condoléances pour cet enfant que vous aimiez tant.

Le père a raccroché et annoncé :

– Joseph s'est suicidé.

Ils ont attendu ensemble toute la soirée. Quelquefois la mère se levait pour vérifier que le téléphone était bien raccroché. Minuit, une heure, deux heures, cinq heures du matin... Toujours rien. À six heures, le père, n'y tenant plus, a appelé la gendarmerie de Montebourg :

– Je suis Georges Nicolle et j'appelle pour mon fils.

– Quel fils ?

– Ben, celui qui s'est pendu.

– Ah bon ? Quand ça ?

– Je ne sais pas moi, c'est vous qui m'avez appelé.

– On ne vous a jamais téléphoné, monsieur Nicolle.

– Ah ?

Le petit jour se levait et le père qui ne comprenait plus rien est sorti prendre l'air devant la maison. C'est alors qu'il a découvert face à lui, de l'autre côté de la nationale, au poteau télégraphique à côté de la barrière du jardin, son fils pendu.

– C'était en fait Joseph qui avait téléphoné depuis la cabine du Penalty, se faisant passer pour un gendarme. Il avait modifié sa voix, on n'a jamais su comment, en tout cas papa ne l'a pas

reconnu. Il avait décrit son suicide dans les détails, puis était venu l'accomplir juste devant la maison des parents... Je crois que c'était sa manière à lui de leur dire merde... Moi, quelques jours plus tard, en courant au bord de la nationale, j'ai remarqué un autre détail. Sur le petit panneau en fer-blanc qui indiquait le lieu-dit de La Barberie, on avait collé un « A » sans doute arraché à l'arrière d'un camion autrichien. Le « A » recouvrait maintenant le premier « E » de Barberie si bien qu'on lisait : « La BarbArie ».

Joseph post mortem avertissait ainsi sa sœur dans leur langage complice et lui donnait un conseil de survie que, de toute manière, elle avait bien l'intention de suivre : « Barre-toi ! »

– Sa mort t'a fait de la peine ?

– Je me souviens qu'il aimait l'odeur de ma chambre... Après papa, maman est sortie, a regardé puis est retournée dans la maison en s'essuyant les mains à son tablier bleu. Le lendemain, elle avait les cheveux blancs.

– Et Henri ?

– On dit en Basse-Normandie que, lorsque la mort est entrée une fois dans une maison, elle y revient souvent presque aussitôt comme si elle avait la clé...

– Ce qui veut dire ?

12.

Trois semaines plus tard (je vous le jure), un dimanche soir à l'heure du film sur la première chaîne... Tartine poursuivait des poids-lourds sur la N. 13. Elle courait, les Adidas dans les fleurs tubuliflores – les chardons, les bleuets.

Du haut d'une côte, elle aperçut au sommet de la montée suivante un scintillement d'étoile domestique qui coulait sur la route – la fenêtre éclairée de La Barberie.

Les parents étaient seuls à la maison car Henri, parti avec ses copains en début d'après-midi jouer un match de foot à Coutances, n'était pas encore rentré. Sans doute qu'ils avaient gagné, alors ils arrosaient leur victoire au Penalty.

L'entraîneur de l'équipe où Henri jouait avant-centre était aussi son patron. Léon Bailhache exposait en vitrine, dans le bureau de son entreprise, toutes les coupes, médailles, fanions et trophées qu'Heurleville avait glanés au cours des années. C'était sa fierté.

La cinquantaine épaisse et voûtée, les bras pendants et le sourire commercial quand il fallait, il avait été le goal d'Heurleville jusque dans les années soixante. Son fils unique l'avait plus tard remplacé dans les cages mais c'était pas ça...

– Ce qu'il me faudrait, c'est un bon avant-centre pour compenser... Un joker !

Dans l'immédiat après-guerre Léon, lui, avait été contacté par un club de seconde division en Bretagne (sa région). Mais comme son père avait exigé qu'il prenne la succession de l'entreprise Bailhache, il avait dû déclarer forfait et se résoudre au deuil de sa carrière de footballeur. Breton exilé, gris de peau et de poils, on le surnommait ici : « Menhir gris ».

– Je suis le « transfert du siècle » pour Heurleville ! gueulait-il souvent. Et un jour, j'apporterai au village la coupe de Basse-Normandie, vous verrez !

Alors Menhir gris dirigeait son entreprise surtout en fonction des besoins de l'équipe de foot d'Heurleville. Par exemple, quand il engageait un apprenti, par exemple Henri... au lieu de lui demander ses motivations professionnelles, il lui disait :

– Tiens, viens plutôt dans la cour et essaie de me mettre un but.

Ce jour-là, devant une cage de foot peinte sur un mur, il dit à son fils :

– Toi, Yachine, tu feras défenseur.

Le fils est venu s'intercaler entre Menhir gris et Henri. Celui-ci a fait une feinte de corps, passé Yachine puis armé son tir vers la droite. Léon Bailhache a plongé et Henri a tiré sur la gauche...

– Bon, je te prends, dit l'entrepreneur en se relevant et époussetant son pantalon. Mais toi, Yachine, t'es pas assez attentif ! T'aurais dû le tacler. Si tu continues, tu ne figureras plus sur les feuilles de matchs...

– Je m'en fous, ça me fait chier le foot.

– Ah ça suffit, hein, tais-toi ! Moi, j'ai écouté mon père : j'ai arrêté le foot... Alors toi, tu m'écouteras : tu joueras au foot ! C'est comme ça dans la famille ! Et d'abord, ramasse ce ballon.

Puis tirant Henri par la manche :

– Toi, petit, entre que je te prépare ton contrat d'apprentissage. Tu commences demain sur les chantiers et mercredi soir à l'entraînement. Si t'es pas là demain, c'est pas grave mais mercredi c'est obligatoire. J'ai envie de t'essayer dès le match contre Villedieu-les-Poêles, t'es content ?

– Mais heu... Et le travail, monsieur Bailhache ?

– Oh là là ! On dirait mon père...

Henri, qui n'avait jamais joué au foot auparavant, s'était révélé naturellement doué. D'ailleurs en ce dimanche de juin, contre Coutances, il avait mis trois buts de la tête – le coup du chapeau comme on dit.

– Bon p'tit gars, ça. Tout le temps qu'il jouera ainsi au foot, il aura de l'avenir dans le bâtiment... En tout cas, chez moi.

Dans cette curieuse entreprise de ravalement (enduits grattés, enduits frottés), Henri assemblait des tubulures d'échafaudage le long de bâtiments officiels ou de maisons particulières. Et il devait normalement aussi rater son C.A.P. à la fin du mois comme l'avaient raté avant lui tous les ouvriers de l'entreprise Bailhache.

Léon n'avait pas les meilleurs ouvriers du canton mais les plus sportifs...

– Non mais, t'as vu ta façade ? Quelle entreprise t'a salopé ça ?

– L'équipe de foot d'Heurleville.

Lorsque des clients se plaignaient de dégoulinades, de vitres brisées, de rien d'équerre et s'exclamaient haut : « Travail ni fait ni à faire ! », Menhir gris sans se démonter leur répondait :

– Je sais que le long d'un mur mes ouvriers sont des branquignols mais sur un stade, cinquante kilomètres à la ronde, ils ne craignent personne. Faut savoir ce qu'on veut dans la vie ! Par exemple, vous, vous voulez deux places pour dimanche, c'est ça ?

Alors bon, l'entreprise Bailhache continuait à avoir des commandes mais c'était vraiment pour défendre l'honneur sportif d'Heurleville.

Et justement, en ce dimanche de juin, l'honneur du village avait été particulièrement bien défendu puisque, déjouant tous les pronostics, Heurleville avait battu Coutances 3 – 0 en finale de coupe de Basse-Normandie. Le jour de gloire était enfin arrivé et il avait aussi été très arrosé.

Après une heure trente de match suivie de cinq heures d'apéro au Penalty (sans même prendre le temps de se changer ni se doucher), le fils Bailhache avait reçu l'ordre de Menhir gris d'aller maintenant raccompagner chacun des joueurs puants et bourrés dans les différents lieux-dits où ils habitaient.

– Allez, à l'étable !

Là, ils se dirigeaient vers La Barberie afin de déposer en priorité Henri, le héros du jour...

À bord d'un vieux camion Berliet des années cinquante à plate-forme de bois, des tubes creux de six mètres de long et cinquante millimètres de diamètre bringuebalaient, retenus par des rivets. Ils étaient alignés comme des orgues de Staline par-dessus la cabine du camion. De chaque côté du véhicule de chantier, des banderoles « Allez Heurleville » recouvraient les inscriptions écaillées : « Entreprise Bailhache ».

Sur la plate-forme arrière, parmi les tubulures, huit jeunes ivrognes, jambes nues et chaussures à crampons, tapaient du talon hurlant à tue-tête :

– On a gagné, les doigts dans le nez... Ils ont perdu, les doigts dans le cul !

Et ils mimaient ce qu'ils chantaient. À « gagné », ils s'enfonçaient un doigt dans le nez, à « perdu » ils se levaient tous ensemble et... À côté du goal Yachine qui conduisait, l'ailier droit Heurtier regardait éthyliquement la route tandis que l'avant-centre Nicolle, à califourchon sur le long capot du moteur, brandissait à la nuit la coupe de Basse-Normandie...

Le vent de la vitesse bousculait les cheveux blonds de ce jeune visage d'archange. Henri à dix-sept ans était heureux ici car il aimait cette campagne, son travail (même s'il n'apprenait rien) et jouer au ballon le dimanche avec ses copains... Ravi aussi d'avoir échappé à un fatal destin de fermier étant donné que la vue du sang lui donnait des migraines.

Il était donc vingt et une heures, vingt et une heures trente lorsque le camion de l'entreprise Bailhache filait à tombeau ouvert sur la N. 13. Dans la descente précédant la côte au sommet de laquelle se trouvait La Barberie, soudain Yachine découvrit dans ses phares Catherine, agitant ses bras et lançant des baisers au véhicule de chantier.

– C'est qui cette conne ? demanda Yachine à Heurtier.

– J'en sais rien, moi.

C'est alors qu'Henri, qui l'avait vue aussi, se tourna et s'écria en tapant du socle de la coupe contre le pare-brise :

– Arrête-toi, arrête-toi ! C'est ma sœur !

– Qu'est-ce qu'il dit ? demanda Yachine, coincé entre le vacarme du moteur et les chants des footballeurs.

– Il te dit de t'arrêter, c'est sa sœur.

– Ah bon ?

Yachine pila. Un tube mal retenu par ses rivets glissa. Et comme un pistolet à tige perforante utilisé dans les abattoirs pour bovins, il traversa la tête d'Henri de part en part, d'une tempe à l'autre.

Le camion cala et il y eut un silence immédiat.

– T'aurais vu mon frère... avec le tube d'échafaudage en travers de sa tête... On aurait dit... On aurait dit un footballeur de baby-foot !

Tout le monde dessoula brutalement. Yachine descendit en disant :

– Oh putain de merde de bordel de fi d' garce.

– La vache, il va gueuler, Menhir gris..., a prévenu l'arrière gauche Bucaille (un vrai con). Un avant-centre pareil ! Trois buts de la tête contre Coutances...

– C'est vrai que c'était son truc, la tête... Mais qu'est-ce qu'on fait maintenant ? demanda Yachine.

– Alors là...

Henri tenait encore, dans sa main droite crispée, la

coupe de Basse-Normandie. Du sang avait coulé abondamment de ses tempes et ses oreilles, le long du cou, puis des bras sous les manches du maillot. La vie avait filé entre ses doigts comme l'eau courante.

– Il est mort ? demanda Bucaille.

La secousse de la perforation avait déporté Henri trois mètres à l'avant du camion. L'autre extrémité de la tubulure, toujours retenue au toit de la cabine, le maintenait en l'air, les pieds dans le vide. Le tube de cinquante millimètres de diamètre, d'une oreille à l'autre, lui traversait proprement la tête.

– J'ai vu des magiciens qui faisaient pareil avec des mouchoirs dans un cirque.

– Ta gueule, Bucaille.

Tournant autour de la dépouille d'Henri, l'équipe d'Heurleville était aussi désemparée que si elle s'était retrouvée face à l'Inter de Milan. Mais comme on n'était plus qu'à trois cents mètres de La Barberie, il fut décidé qu'on allait le ramener ainsi chez lui. Yachine reprit le volant et roula très doucement (il était bien temps). Les autres suivaient à pied le véhicule de chantier devenu convoi funéraire.

Derrière les claquements de leurs crampons sur la chaussée, résonnaient aussi les « plip, plap » des semelles de Tartine.

Au bout du long tube d'échafaudage flexible qui vibrait, Henri balançait comme un gardon scintillant au bout d'une canne à pêche.

– Putain, j'ai faim. Je mangerais bien des brochettes. Pas toi ?

– Mais qu'il est con, ce mec.

À peine arrivé à la maison, Yachine coupa le

moteur et posa une main à plat sur le klaxon parce qu'il ne savait pas quoi dire d'autre aux parents.

À l'écoute de cette corne de brume (ambiance stade vide), le père s'est levé et a ouvert la porte d'entrée. Il l'a aussitôt refermée car Yachine, sans le faire exprès, s'était arrêté de telle sorte qu'Henri pendait en l'air juste devant la porte de ses parents.

– Merde..., grommela Yachine.

Le père tituba dans la maison comme un lapin tiré dans un pré. Et lui dont les yeux habituellement divergeaient, là, il louchait énormément.

– Suzanne...

Sa voix soudain semblait sortir des mille et une nuits. Il ne lui fut pas utile d'en dire davantage à sa femme car celle-ci, à la manière dont il avait prononcé son prénom, avait compris l'essentiel et qu'il ne pouvait pas s'agir de Catherine.

– Deux...

Immobile comme l'eau sans courant, elle ne tourna vers son mari que des yeux vagues, des yeux vides d'une douceur bovine... Puis elle se leva mais, au lieu d'aller vers la nationale, elle tourna en rond dans la cour, les sabots dans la paille, secouant à deux mains sa tête à chevelure de neige :

– Euh wha !.. Euh wha !.. Euh wha !

Suffoquant comme cherchant de l'air ou à vomir sans y parvenir, elle réveilla tous les animaux de la ferme qui alors, ensemble, se mirent à meugler, grogner, caqueter, chanter et bêler. Suzanne sous les étoiles sauvages gueulait parmi les bêtes...

– La pauvre maman, déjà que la mort de Joseph l'avait rendue timbrée...

– Et toi ?

– Ça m'a assommée. Pour une fois qu'un camion à qui je faisais des signes s'arrêtait...

Dans la salle à manger, devant la porte d'entrée à nouveau grande ouverte, tous les footballeurs attendaient qu'une décision soit prise à propos de l'avant-centre accroché derrière. Mais le père et la mère s'étaient assis sur des chaises face à la télé et avaient regardé la suite de *La Grande Vadrouille* comme des cons.

– Je l'ai déjà vu ce film, dit Bucaille. C'est hyper marrant. À la fin, y'a De Funès, il encule Bourvil. Non, je déconne.

– Pep, fww..., s'embrasa le père.

– Deux..., répéta la mère pour en être bien certaine.

13.

– Trois !

Suzanne plia trois doigts dans sa paume, leva le pouce, tendit l'index et tira :

– Paw !

Dans le vent de la tempête qui s'approchait, elle visait sa fille à la tête :

– Boum !

La mère avait grimpé tout en haut du poteau télégraphique situé face à la maison. C'était un poteau en ciment avec des trous permettant d'y monter comme à une échelle. C'était facile, un handicapé aurait pu y arriver d'une seule main...

Au pied du poteau, à l'abri, des pensées molles couleur d'hématomes ondulaient et, au vent, des immortelles bruissaient dans un bruit de papier bonbon froissé.

Suzanne, la tête entre les fils téléphoniques et les isolateurs, apercevait, au sommet de la côte suivante, sa fille qui rentrait à La Barberie...

La mère, la voyant revenir, agitait ses doigts en l'air et riait !

Toute fin d'après-midi d'un lundi d'octobre, il faisait encore jour, Catherine n'avait pas ses règles, alors pourquoi rentrait-elle ?

Entre la mère et la fille, entre chien et loup, des pommiers lourds de fruits dansaient sur la lande. On aurait dit des balais de sorcière plantés à l'envers.

Nord, nord-ouest, à la verticale du canton, deux vents contraires s'affrontaient. L'un, glacé, tombait de Norvège. L'autre, chaud, remontait en vapeurs des profondeurs atlantiques. La fille grelottait. La mère transpirait. C'est dans ces zones de conflits thermiques que se génèrent les tempêtes.

Les vents confrontaient aux oreilles de Suzanne, des coutumes d'Indiens d'Amérique à des rites barbares...

De longues rafales emportaient tout, tourbillonnant les feuilles aux sommets des collines et roulant les fruits, tombés des pommiers, dans la boue. De grands nuages blancs étincelants accéléraient dans le ciel d'encre bleue, mauvais temps !

La mère se tourna vers les fils et les isolateurs. Elle sortit – accoucha – de sous sa blouse un chiffon bariolé. Ses mains contournèrent le poteau et déployèrent une chemise à fleurs qu'elles boutonnèrent ensuite sur le devant du ciment. Puis Suzanne étendit les bras de la chemise, le long des fils téléphoniques. Le tissu claquait dans le vent. Épingles de nourrice et pinces à linge multicolores, la mère rassemblait l'étoffe des manches qu'elle avait tout à l'heure découpées, au ciseau tout du long, pour faire passer les fils du téléphone.

Par les trous des poignets et du col, la chemise prenait le vent. Alors la poitrine vestimentaire gonflait, se secouait comme à nouveau agitée d'une immense colère.

– Joseph...

Totem ou poteau-épouvantail, la timbrée – la vigie – là-haut, près de la chemise, était trop à l'écoute des vents conjugués : coutumes indiennes et rites barbares...

Basculant dans une descente, Catherine, elle, entendit une autre chanson :

– Ils étaient cinq dans le nid... Mais le petit dit... « Poussez-vous, poussez-vous »... Alors il y en eut un qui tomba du nid... Whou !..

Dans une grotte d'argile d'un talus de la nationale, à l'abri des bourrasques, un enfant d'une ferme voisine chantait pour lui seul une comptine apprise à la maternelle :

– Ils n'étaient plus que quatre dans le nid... Mais le petit dit... « Poussez-vous, poussez-vous »... Alors il y en eut un autre qui tomba du nid... Whou !..

L'enfant chantait en regardant et animant ses doigts. Il chantait la rengaine de l'auriculaire qui, voulant prendre toute la place dans la main, chassait l'un après l'autre l'annulaire et le majeur : ses frères, ainsi que les deux autres là : l'index et le pouce.

Chaque doigt évacué repliait ses phalanges dans la paume tachée de terre tandis que l'auriculaire, en cadence, continuait :

– Ils n'étaient plus que trois dans le nid...

Catherine, de l'autre côté de la nationale, sans se faire remarquer, grimpa et s'assit sur la longue barrière en bois déglinguée d'un verger. Elle regardait et écoutait l'enfant chanter :

– Mais le petit dit... « Poussez-vous, poussez-vous »...

Catherine, les paumes posées de chaque côté de ses fesses, voulut elle aussi chanter. Elle releva sa main droite, plia l'annulaire et le majeur dans sa paume et agita les trois autres doigts :

– Alors il y en eut un autre qui tomba du nid... Whou !..

Catherine bascula en arrière parce que la planche vermoulue et détrempée de la barrière avait cédé sous son poids. Elle tomba dans une bouse au creux d'une ornière.

– Merde.

Le craquement du bois pourri avait fait lever la tête à l'enfant. Il regarda la jeune fille se relever et continuer vers La Barberie, puis il reprit sa chanson, là où il l'avait laissée :

– Whou...

En remontant la côte, Catherine était un peu plus dans le vent. Là-bas, des paquets de mer s'abattaient sur les plateaux et les écumes de l'océan mâchaient les falaises.

Bottillons beiges et fourrés en mouton retourné, robe de laine bleue cendrée décorée d'étoiles de neige jusqu'à mi-gros mollets, vaste pull camionneur dont elle avait remonté le col, Catherine, les fesses tachées de merde bovine, marchait résignée comme une génisse se dirigeant vers l'abattoir.

Elle ne courait plus après les camions depuis juin dernier. De toute façon, elle n'y serait plus arrivée –

elle avait encore grossi et son ombre était devenue du plomb à traîner. Les camions, elle ne les regardait plus que passer mélancoliquement. Elle ruminait un Malabar vert et faisait des bulles. Pop !

La mère aussi, en haut du mât, soufflait une bulle verte qui lui envahissait la tête – une baudruche publicitaire. Elle récupérait ça au magasin S.P.A.R., la supérette d'Heurleville.

– C'est pour mon aîné, vous comprenez, il est tellement joueur. Les blagues qu'il me fait, si je vous racontais... Vous savez qu'il veut m'enculer !

M. Deshaies, l'épicier, levait un sourcil et lui donnait plusieurs ballons. Puis quand la clochette de son magasin avait tinté, il rajoutait :

– C'est-y pas malheureux ?

Le docteur Coligny, devenu maire d'Heurleville, était lui aussi très emmerdé :

– Vous savez, monsieur Nicolle, il faudrait quand même dire à votre femme d'arrêter avec ce poteau. On n'a pas le droit et ça trouble les appels...

– Hein ?.. Quoi ?..

Georges avait des plages d'absence et, parfois, il ne semblait comprendre plus rien !

La camionnette d'un laitier se dirigeant vers Heurleville, bringuebalant dans les rafales, passa devant La Barberie. À côté du chauffeur, le rippeur essuya la buée de sa vitre :

– Décidément, quelle famille... Après la fille, qui à douze ans faisait déjà la pute sur la nationale, on a maintenant la mère qui tous les jours fête Halloween. De mieux en mieux, les Nicolle...

– Tu sais que leurs deux gars sont morts avant les vacances.

– Oh merde, c'est moche ça.

Suzanne noua la petite queue à la base du ballon et l'attacha par un fil, au sommet du poteau. La baudruche, par-dessus les fils du téléphone, fila dans les airs et s'arrêta net, étranglée au bout de la trajectoire du lien. Elle renâclait comme une bête tenue par un licol.

Au-dessus de la chemise de Joseph, sa tête verte et publicitaire tapait dans les airs pleine de lueurs – lampe tempête ! Les claquements de la chemise se gonflaient de tourmentes. L'ouragan du ballon injuriait la mère de vacarmes qu'elle seule comprenait. Prise de panique, elle supplia :

– Non, non ! Joseph !

Puis elle descendit du poteau, manquant de tomber plusieurs fois, et traversa la route en courant, se bouchant les oreilles pour ne plus rien entendre de l'écho de sa propre avalanche.

Chez elle, la soupe bouillait dans la marmite.

14.

– Pourquoi ? ! !

Tartine, enfin arrivée à La Barberie, avait tapé du poing sur la table à s'en éclater les phalanges. Le vent sifflait sous la porte et soulevait les rideaux aux fenêtres. Les parents reniflaient dans l'air une odeur suspecte.

– Hein ! Pourquoi ? ! !

Tartine criait à en faire tomber les murs, à en péter les frontières.

– Pourquoi quoi ? demanda le père en aspirant la soupe fumante dans sa cuillère.

– Pourquoi vous ne voulez plus que je travaille chez les Clément ni que je les suive dans leur déménagement à Pont-l'Évêque ? ! Ils voulaient m'emmener avec eux à la fin du mois et vous avez refusé. Alors pourquoi ? !

– Tes frères n'ont pas eu de chance. Pourquoi t'en aurais, toi ?

– Chez nous, pas de favoritisme ! renchérit la mère.

– C'est une raison, ça ?

– Mettons que ce soit la nôtre et tu es encore mineure, alors on fait ce qu'on veut. C'est-y compris ? Et puis maintenant, tu vas te la boucler sinon tu pourrais bien aussi prendre ma main dans la gueule..., menaça le père en s'essuyant les lèvres et déplaçant sa chaise.

Catherine saisit les ciseaux sur la table et les ouvrit devant son visage. Les ergots d'acier flirtaient avec ses cils.

– Si tu te lèves, je me crève les yeux, siffla-t-elle.

– Chiche..., ricana la mère d'un air sournois. Georges, lève-toi...

Alors Catherine jeta les ciseaux qui se plantèrent entre ses parents :

– Bande de cons !

La mère déplanta les ciseaux de la table. Elle déterrait la hache de guerre... Cette famille était désunie comme les cinq doigts de la main passés sous le massicot.

Catherine monta dans sa chambre. Le père, en reniflant, se tourna vers les effluves de ses fesses tachées. La mère leva les paupières et sourit.

– Tu crois qu'elle en a chié sous elle ? Ah mais pourquoi ce n'est pas celle-là qu'a crevé ? Quand on dit que c'est les meilleurs qui partent les premiers...

Sur le buffet, dans deux cadres identiques, Joseph et Henri, entre le téléphone et la coupe de Basse-Normandie, étaient cernés d'une frise monotone, torsadée et dorée.

– Depuis la mort de mes frères... Depuis qu'ils avaient été repliés dans la paume... Maman me détestait plus que jamais : « C'est toi qui as tué

Henri ! » qu'elle me disait. « Si tu n'avais pas fait la dinde sur la nationale, le camion de chantier n'aurait pas pilé. »

Mais à cette perfidie-là, Tartine connaissait la réplique qui coupe les pattes :

– Et Joseph, qui l'a dénoncé au père ? C'est moi aussi ?

Elle savait la violence de cette attaque et comme elle meurtrissait sa mère en disant ça.

– Il me battait..., suffoqua la pauvre femme.

– Et il avait bien raison... Si seulement il avait pu te pendre aussi !

– Bouh... Joseph...

La mère était partie en courant vers la buanderie, caresser et renifler comme une bête les étoffes des vêtements de son fils. Elle y roulait ses yeux, ses joues, son cou, ses cheveux blancs et ses lèvres... Elle y perdait sa tête.

Collection La Normandie typique... Manche 50 « *LA BARBERIE* » (vue aérienne) Cour pavée entourée d'une ferme

Quelle carte postale ! La jeune fille allait donc devoir remettre tous ses rêves à pourrir dans ce trou, cette ruine où la mort s'exerçait aux osselets.

Cette nuit-là, dans la puanteur froide de ses règles, Catherine fit un cauchemar : une truie en robe de mariée, dressée sur ses pattes arrière, dansait au milieu d'un cercle de flammes qui riaient...

Ce qui avait dû lui faire penser aux flammes, ce sont sans doute les longues traces de lumière jetées, au plafond et aux murs de sa chambre, par les phares des camions circulant sur la nationale. Quant aux rires, c'étaient ceux de la tempête qui, en rafales, crachait toutes ses dents de grêle au carreau de la fenêtre.

Dehors, lorsque les nuages dégageaient la pleine lune dans des grincements d'essieux, l'épouvantail Joseph étendait, par-dessus le toit de la maison, la grande ombre de ses bras en croix. Mon Dieu !

15.

Le lendemain, le mardi matin, le ciel était à nouveau uniformément bleu. La tempête de la nuit avait chassé loin tous les nuages et les tracas anciens.

La place d'Heurleville était très animée. Des paysans, par grappes, rigolaient et blaguaient. C'est à peine s'ils évoquaient les dégâts de la veille : quelques toitures de hangars envolées et des chemins creux inondés.

– Bah, de l'eau il en faut bin ! Pas trop dans les verres, c'est sûr... Mais pour les récoltes et les bêtes, il en faut bin !

Au Penalty, les agriculteurs avaient un rituel : trois verres de gnôle à jeun avant de démarrer la journée. Le premier qu'on appelle « la rincette », le deuxième : « le pousse-rincette » et le troisième : « le coup de pied au cul ». Avant sept heures, ils étaient déjà tous torchés.

– Allez, au boulot ! Les pommes à boire ne se ramasseront pas toutes seules...

Un paysan se baissa lourdement pour récupérer sa casquette tombée sur le carrelage.

– Ah bon Dieu, que la terre est basse...

Et comme c'est vrai ! Mais dehors, slalomant entre l'église et la mairie, ivre comme un vol lent d'abeille, un tracteur suivi d'une tonne à lisier vint se garer devant la boulangerie.

Vincent Blandamour, vingt-six ans, en descendit, lançant haut en désordre et en vrac par-dessus le volant ses bras, ses jambes et les paupières de ses yeux doux... Pour un paysan, il était très curieux. Il gesticulait comme un danseur (surtout le mardi). De grands yeux noirs et fixes regardant toujours droit devant lui, une imberbe peau d'ivoire de poupée ancienne sur un visage d'un ovale parfait, des lèvres jointes et étonnées – pétales de rose. Aucune ride d'expression ni de trace de couperose sur sa figure... Les sarcasmes et les intempéries n'avaient pas de prise sur lui. Rien ne semblait l'atteindre sauf la jeune fille de la boulangerie ! Et là, il allait la voir et l'entendre, croyait-il.

Il était exalté à l'idée de Tartine, autant dire que c'était un type bizarre...

– Et pourquoi tu dis ça ?...

Dégingandé – araignée faucheuse – il se déplaça, frôlant à peine le trottoir. On aurait dit que c'était le ciel qui le retenait en l'air et l'actionnait par des fils invisibles.

Cette marionnette humaine, ici, était une incongruité. Les pécores du terroir le vannaient et, les pieds dans la glaise, lui auraient bien jeté des pierres pour rigoler. Mais c'était le fils du père Blandamour, le plus grand propriétaire du coin, alors, valait mieux se méfier si on voulait conserver les métairies...

Ils l'appelaient « Guignol » et le prenaient pour un imbécile. Était-il effectivement l'idiot d'Heurleville ou était-ce autre chose ? En tout cas, il entra dans la boulangerie.

Lorsqu'il vit apparaître Chantal derrière les bourdes, les pains au chocolat et les croissants chauds, il paniqua aussitôt. Il gesticula dans tous les sens et regarda partout. Il se retourna même vers la rue, se demandant s'il ne s'était pas trompé de boulangerie...

– Bonjour, monsieur, que désirez-vous ?

Il se déplaça sur la droite pour épier la cuisine puis vers la gauche où se trouvait l'escalier qui descendait au fournil. Il observa encore Chantal, très étonné. En quatre ans, c'était la première fois que ça lui arrivait !

Mme Clément essaya de le sortir de sa stupeur :

– Monsieur ! Vous cherchez quelque chose ?

Ce visage ovale de poupée ancienne lui rappelait quelqu'un...

– Non, rien du tout, grommela-t-il.

Et, tout comme un oiseau fourvoyé dans une maison, il quitta brusquement la boulangerie et remonta sur l'engin agricole.

Sous sa casquette américaine à longue visière relevée où était brodé au fil blanc un petit tracteur (Fendt), les deux mains à plat sur le volant, il ne comprenait plus rien.

C'est alors que Chantal apparut sur le trottoir.

– Hé, monsieur ! Si c'est Catherine que vous cherchez, elle ne travaille plus ici depuis hier.

Le bras droit de Vincent s'abattit le long de son corps. Un fil du ciel avait rompu...

Alors seulement de la main gauche, sur la nationale, il conduisit le tracteur suivi de la tonne à lisier. Il retournait vers chez lui sans viennoiseries (ce n'est pas sa mère qui allait s'en plaindre) mais plutôt que de s'arrêter chez ses parents, il alla garer son tracteur devant La Barberie...

Le soir même, à table, Suzanne, en découpant les manches kaki d'une veste hippie de l'U.S. Army, dit à Georges, qui épluchait une pomme fruit avec son canif :

– Y'a le gars à Blandamour, dis donc, je me demande si les gens n'ont pas raison quand ils disent qu'il a un grain...

– Ah bon mais pourquoi ?

– Il est venu aujourd'hui pour nettoyer notre étable, la cour et ramasser le lisier eul' porc.

– Ah bon mais pourquoi ?

– Il dit que c'est pour être sympa.

– Ah bon mais pourquoi ?

– Moi, j'ai dans l'idée que c'est surtout après Catherine qu'il en a.

– Ah bon mais pourq... Catherine ? T'es sûre ?

Le père déposa la pomme et son couteau dans l'assiette.

– Oui, il zieutait partout par les fenêtres. Il cherchait quelqu'un.

– Ah mais dis donc, ce serait pas mal ça, hein ? dit Georges se servant un verre pour fêter ça. C'est qu'ils ont drôlement de quoi les Blandamour... Et l'autre, là, qu'est-ce qu'elle en dit ?

– Elle n'a pas l'air d'en vouloir. Quand je lui ai

demandé de descendre pour venir y dire bonjour, elle a refusé.

– Ah ça, ça m'aurait étonné ! Elle nous fera chier jusqu'au bout, cette pute borgne ! Mais qu'est-ce qu'elle espère ?

C'est alors que Catherine, en chaussons et robe de chambre rose matelassée, apparut en haut de l'escalier. Elle n'avait pas quitté sa chambre de la journée. Le père se retourna.

– Et pourquoi que tu y dis pas bonjour, toi, au fils Blandamour ? Un gars dont le père a la moitié du canton. Mais qu'est-ce que tu espères de mieux ?

– Pas de paysan !

– Non mais regardez celle-là qui fait sa sucrée depuis qu'elle a été pâtissière...

– Ce sont ses lectures sur les chanteurs qui lui montent aussi à la tête, plaida la mère. Mais ma pauvre fille, regarde comment t'es faite... Ah vraiment, quelle Claudette ! À part pour ce zinzin, tu ne seras jamais rien d'autre que de la poussière dans les yeux des hommes !

– Peut-être, mais je ne serai pas paysante.

– Ça, on aura l'occasion d'en reparler..., dit le père.

Et quoique agacé, il replia la lame dans le manche de son Opinel, puis regarda sa fille droit dans les deux oreilles (problème de divergence oculaire).

– En tout cas, va p't-être ben falloir que tu cesses de passer tes journées au lit... Mon patron a besoin de quelqu'un. Je lui ai parlé de toi. On a rendez-vous demain matin pour la visite d'embauche.

– Chez Tuvache ? Pas pour travailler au milieu des bêtes, j'espère !

– Non, au milieu des routiers.

– Ah ?

Le père se leva et alla dans la cuisine regarder par la fenêtre, la cour absolument nickel. Il était soudain d'une étonnante bonne humeur. Sa femme s'approcha de lui.

– Il a dit qu'il reviendrait encore demain...

– On va finir par avoir la porcherie la plus propre de Normandie avec ce con-là, rigola le père... Blandamour ! Tu te rends compte ?.. Belle journée aujourd'hui, hein ma vieille Suzanne ?

Et tous les deux ricanèrent.

– Ah oui, belle journée ! confirma Catherine en entrant dans la cuisine et ouvrant la porte d'un placard à la recherche d'une boîte de conserve. J'ai faim !

– Dis donc toi, la souffrante, on dirait que ça va mieux tout d'un coup.

Oui, ça allait mieux... Seul, Vincent Blandamour se tourmentait mais ça, tout le monde s'en foutait.

Il aimait cette fille avec la vénération d'un chien, autant dire que...

– Oui, bon, ben ça va !...

16.

C'était un bureau sombre avec, sur des guéridons, des bougies toujours allumées qui coulaient comme du gras. À l'unique fenêtre, il y avait un double rideau jaune avec des pompons plus clairs, couleur d'os à moelle. Les murs étaient agrafés d'un velours sang de bœuf. La peau étalée d'une normande broutait le parquet ciré.

– Et ça lui fait combien, maintenant, à c'te bique-là ?

– Elle en aura dix-sept à la prochaine Saint-Luc.

– Dix-sept, déjà..., dit Charles Tuvache en regardant Catherine qui se croyait chez le docteur. Je me souviens de Suzanne, le jour de ta naissance. J'avais essayé de la saouler. Tu bois, toi ?

– Non, monsieur.

– Ta mère dit que c'est toi qui aurais déclenché la panique à cette fameuse Saint-Luc. C'est vrai ?

– Je ne sais pas.

– En tout cas, ici, on se tient à carreau. On n'affole personne sinon dehors !

– Oui, monsieur.

Charles Tuvache, confortablement assis à son bureau, regardait Catherine, debout près de son père debout aussi.

La soixantaine passée et un vague air de lord anglais, de fins cheveux couleur d'ivoire peignés avec une raie sur le côté, le front très dégagé et sous le menton comme un goitre qui vibrait. Lèvres entrouvertes, toujours immobiles... Lorsqu'il parlait, seul le gras de sa gorge s'animait, dansait s'il riait... Ça lui donnait une voix profonde qu'on ne discutait pas. Il était énorme.

– Et le soir, est-ce que tu traînes dans Heurleville, te couches tard ? Je n'ai pas besoin d'une noceuse incapable de se lever le matin, moi.

– Non, non, elle se couche tôt ! intervint Georges. Et le week-end, elle fait l'artiste. Elle peint des fleurs rouges sur les murs de sa chambre.

Catherine tourna la tête et regarda son père...

– Ah ça, c'est bien. J'aime beaucoup la peinture ! dit Tuvache. T'as vu tous les tableaux là ? Faudra que t'en prennes soin quand tu les nettoieras.

C'étaient des tableaux anciens achetés à des brocanteurs ou des antiquaires. Ils représentaient, tous, du bétail dans des prés. On les voyait à l'aube quand la plaine est fumante, à l'ombre sous des après-midi d'été et en silhouettes lointaines devant des soleils couchants... Sur le bureau, une carte postale du bœuf écorché de Rembrandt était agrafée à la couverture d'un carnet de commande de bétail.

– De la peinture..., reprit Tuvache. Tu me feras un tableau ?

– Mais bien sûr, dit le père. Elle vous fera une

fleur ! Hein, Catherine que tu feras une fleur à M. Tuvache ?

– Ben, heu... Maintenant, faudra quand même attendre le mois prochain.

– Et pourquoi ça ? s'énerva le père.

– Laisse, Georges ! Tu n'y connais rien, toi, en art. Moi, je comprends les artistes. L'inspiration, ça vient quand ça vient... Bon, approche-toi, ma grande, que je vois mieux la bête.

Catherine s'exécuta. Le patron lui toucha les seins.

– Belle paire de loches. T'as un fiancé ?

Catherine rougit.

– Y'a le gars à Blandamour qui lui tourne autour, dit fièrement le père.

– Le gars à Blandamour ? Dis donc, ça serait le jackpot pour toi, Nicolle ! Allez, retourne-toi maintenant, continua Tuvache. Hanches larges... Ça va nous chier des Blandamour à tire-larigot, ce machin-là... T'as aussi de gros mollets. Tu fais du sport ? Comme ton frère footballeur ?

– J'ai couru un peu.

– Ah oui, c'est vrai. On m'a dit ça... En agitant les bras, je crois...

Il lui toucha les cuisses et remonta la main sous sa jupe, puis se renifla deux doigts.

– En tout cas, t'es vierge.

Catherine interloquée était devenue un « E » muet suivi d'un point d'exclamation ! Il lui mit la main au cul en professionnel et lui malaxa les fesses, disant à Georges :

– Finalement, la seule question qu'il reste à se poser, c'est : quand il aura ça au bout de la bite, est-ce qu'au moins il saura s'en servir, Guignol ?

La gorge de Tuvache dansa : « Aargh, aargh, aargh... » alors les lèvres du père s'embrasèrent : « Pep, fww... », l'affaire était conclue.

D'une dernière tape sur le derrière, le marchand dit à la jeune fille :

– Allez file, mettons que je sois un mécène.

Le père de Catherine, sans rien dire, avait regardé son patron jauger et tripoter sa fille. Mais il comprenait, il était lui-même un as du maquignonnage, même si depuis le transfert d'Henri pour le « F.C. Paradis », fatigué, il ne descendait plus guère de sa bétaillère lorsqu'il visitait les bêtes.

– Tu me mets celle-là, celle-là et celle-là, à tant la tête, disait-il, seulement penché à la portière. Les autres ne m'intéressent pas.

– Mais Georges, c'est de la boucherie premier choix et là, t'as vu la génisse ? Descends les voir avant de dire ça...

– Pas la peine. Ici, les antérieurs sont trop faibles et là, là et là, y'a pas de belles mamelles. Quant à ta génisse, inutile de lui peloter les nichons ni de lui glisser deux doigts pour s'apercevoir que c'est une laitière de réforme. Ne me prends pas pour un con !

Alors les paysans chargeaient les vaches choisies en se disant que le père Nicolle, même dans le chagrin, on ne le baisait pas facilement.

– Moi, mon boulot, c'était surtout de préparer à manger pour une vingtaine de personnes par jour. Je m'occupais de la bouffe, du ménage, enfin de tout ce qu'il y a à faire dans une maison où il y a beaucoup de personnel et de passage... Je faisais

des bourguignons, des blanquettes... Des steaks ! Surtout le mercredi matin parce que des fois, t'avais des acheteurs qui venaient de loin et qui prenaient la collation vers dix heures. Dans ce métier-là, le marché se faisait souvent à table, soit en mangeant, soit en buvant un verre de vin ou un café. Le midi, il y avait une table pour les patrons et une table pour les marchands et les routiers... Les patrons mangeaient dans la salle avec leurs enfants et les marchands, les routiers, dans une grande cuisine où tu pouvais mettre douze personnes. Par la fenêtre, en dressant la table, je voyais des aller et retour de grands camions qui manœuvraient dans la cour. Chez Tuvache, j'y suis restée trois ans.

17.

– Ils ne me voient pas...

Un matin d'avril, Catherine avait changé de coiffure mais personne ne l'avait remarqué... Pendant le week-end, elle s'était fait friser les cheveux sur le haut du crâne et avait demandé qu'on les lui laisse raides le long de la nuque. Elle ressemblait maintenant à un voyou de province rouquin mais ça, tout le monde s'en foutait.

Elle s'était aussi acheté un poignet de force au marché – cuir jaune, clous et boucles d'acier noir. Pas un compliment pour le bijou, rien !

– Ici, on se tient à carreau. On n'affole personne sinon dehors ! avait prévenu Tuvache, le jour de son embauche.

Ben, il n'y avait pas de danger... Elle serait arrivée en bigoudis et tutu, ça aurait été pareil. Elle était invisible.

Que des marchands de vaches ne la repèrent pas, bon... Mais des routiers !

– À mon avis, les routiers, c'est pas gagné..., avait pensé Catherine.

Pourtant ils aimaient les femmes, c'était certain. La jeune fille en avait vu plein, nues sur des calendriers, dans les cabines de leurs camions. Mais alors, elle, personne ne la voyait.

Au début, elle ne comprenait rien non plus aux phrases qu'elle entendait...

Le midi, les marchands déjeunaient avec les routiers. Mais, ce que c'est que le corporatisme... Les marchands (dont son père) mangeaient ensemble sur une moitié de la table tandis que les routiers occupaient l'autre moitié. Et alors, il y avait partout des conversations auxquelles Tartine ne comprenait rien !

Du côté des marchands, c'étaient des farandoles de prénoms : Léonie, Lorette, Lavande, Javanaise, Idole, Hermine... Galilée, Émeraude, Frou-Frou... Catherine se demandait s'ils parlaient de filles.

Ils disaient aussi : Prim'Holstein, Frisonnes, cotation E.U.R.O.P.A., qualité à finir... Broutards, embouches, sans-dents, en-dents, croisés ordinaires ou normands, index de synthèse, Isu !..

– *Ça me saoulait...*

Femelles F.F.P.N., cours reconduits, classement de conformation, évolution génétique, Catherine aurait aimé se mêler aux conversations, donner son avis, mais lequel ?

Sur l'autre moitié de la table, là où mangeaient les routiers, c'était pire. D'autant que certains parlaient des langues étrangères. Mais même lorsque c'était en français, pour Catherine, c'était du chinois. Ils citaient ce qui devait être des noms de villes qu'elle ignorait et aussi des termes techniques concernant les moteurs... Mais surtout, ils disaient des choses encore plus bizarres :

– Tiens, en venant, je suis tombé sur Zorro. On a discuté. Qu'est-ce qu'on s'est marrés !

Catherine, en servant une ratatouille, avait dressé ses sourcils au-dessus de grands yeux étonnés.

– Moi, j'ai eu Tarzan, dit un autre. Justement, il voudrait savoir si tu peux lui rendre son cric.

– C'est pas à moi qu'il l'a prêté. C'est à Mozart. Demande à L'Anguille si tu ne me crois pas !

Catherine en était restée les bras en l'air.

– Eh bien toi, tu nous sers ? avait demandé un routier en regardant simplement les poignets de la jeune fille.

Catherine avait déposé le plat, puis était allée rejoindre une autre domestique qui commençait la vaisselle.

– Hé ! Tu les entends ? Qu'est-ce qu'ils disent ? Ils parlent à Tarzan, Zorro, Mozart et même à des anguilles ?

– Ben oui, qu'elle est bête celle-là. À la C.B. !

– À la quoi ?

– Attends, je finis de préparer le café et je vais te montrer.

La ferme de Charles Tuvache était une abbaye fortifiée du XIIe siècle... Entourée d'un mur d'enceinte avec des meurtrières et des tours effondrées (guerres de Religion, Révolution française).

Une demeure du XVIIIe avait été dressée sur les ruines d'un ancien dortoir. Une chapelle effondrée servait d'étable de passage. Des vaches bigotes y priaient, les sabots dans la farine animale près d'un autel mangeoire. Mais surtout, il y avait ici une cour immense...

La cour de la ferme de Charles Tuvache était une véritable gare routière... Par l'ancien portail aux arcades gothiques, entraient et sortaient des quantités de bétaillères et de camions. On y chargeait des bêtes, en sortait d'autres... Les vaches, les veaux, les taureaux et les bœufs montaient, descendaient comme des voyageurs en correspondance.

Des semi-remorques à claire-voie, surtout Mercedes ou Scania, étaient sagement alignés le long d'un ancien réfectoire. Près du calcaire blanc de l'ère secondaire du bâtiment pieux, tous chromes dehors, les monstres modernes étincelaient pleins de couleurs vives. La collègue de Catherine ouvrit la haute portière de l'un d'eux et dit :

– Ben tu vois, c'est ça une C.B. !

– Le truc noir, là, qui ressemble à une radio ?

– Oui, avec le micro qui pend... Le micro, ils s'en servent pour lancer des appels et parler entre eux. Comme ça, chacun dans son camion, à deux ou davantage, ils peuvent discuter en conduisant et les voyages leur paraissent moins longs.

– C'est un truc inventé pour les routiers, quoi...

– Oui.

– Sinon, les autres gens ne peuvent pas leur parler...

– Si.

– Ah bon ?

– Si ! Tu peux en avoir une chez toi si tu veux. Et

faire du radioguidage... Par exemple, s'il y en a un qui lance un appel parce qu'il est perdu, tu regardes sur une carte et lui indiques par où il faut qu'il passe... Ça leur fait plaisir, ça les aide.

– Ah ouais ?

– Achètes-en une si ça t'amuse, ce n'est pas très cher. Et puis toi qui as une belle voix, ils seront contents de te parler.

– Tu crois ?

– Ben oui, ils aiment bien quand des filles répondent à leurs appels à travers les régions qu'ils traversent. Ça les distrait. En plus, toi, là où tu habites, c'est l'idéal : en haut d'une côte et au bord d'une nationale, alors tu penses... T'en choperas plein ! Ce qu'il y a, c'est qu'il faut que tu changes de nom.

– Pourquoi ? C'est pas bien « Catherine » ?

– Tu n'as pas le droit de dire ton vrai nom à la C.B. C'est interdit. T'es obligée de t'en trouver un autre. C'est pour ça qu'ils se font tous appeler Zorro, Zembla, Akim... Toi, t'as qu'à te faire appeler « Tartine », si tu veux...

– Ah non, pas Tartine !..

– Ben alors ! Et le café ? s'écria un marchand sur le seuil de la cuisine.

– J'arrive ! dit la collègue de Catherine.

La fille Nicolle réfléchissait :

– Un autre nom...

Puis elle quitta un instant l'enceinte fortifiée pour aller regarder le paysage... La ferme de Charles Tuvache était au creux d'une vallée dont tous les coteaux alentour appartenaient à Blandamour... Sur les pentes des prairies, des vaches remontées se baladaient comme de petits jouets mécaniques. La jeune fille de dix-sept ans pivota sur elle-même et retourna vers la cuisine.

– Ils m'entendront !

18.

– « Darling ! »

Près de la boulangerie d'Heurleville dont la vitrine, barrée d'un calicot, annonçait « Changement de propriétaire », Catherine a enclenché K 18. Un bras d'acier s'est levé et est allé chercher un 45 t vertical rangé parmi d'autres. Alors, le juke-box du Penalty a égrené : « Je nous voyais en tandem, ta main, Darling, dans la mienne... »

Catherine aimait beaucoup cette chanson d'un nouvel artiste canadien dont le premier disque venait de débarquer en France : Roch Voisine ! En feuilletant un catalogue, elle se demandait simplement comment deux amoureux pouvaient se tenir la main en faisant du tandem... Si ce n'était pas un peu casse-gueule, ça, comme sport... Mais risqué ou pas, Catherine se dit qu'elle donnerait bien sa main, elle aussi, à un routier genre Roch Voisine. C'était tout à fait son type...

Elle trouvait ce chanteur en santiags très beau dans ses débardeurs. Elle l'avait vu en couverture de *Podium*, posant avec sa guitare près de grands camions américains.

– *Ah là, là, les camions américains ! La gueule que ça a, ça aussi...*

Roch Voisine... C'est vrai, qu'a priori, elle aurait préféré qu'il s'appelle « Roch Voisin » mais bon, son père s'appelait bien « Nicolle ».

Catherine ferma les yeux et s'imagina que le chanteur fredonnait pour elle...

– Moi, je vais me faire appeler « Darling », a murmuré Catherine.

– *Catherine, Darling, en plus ça ressemble. Tu ne trouves pas, Jean ?*

– *Si, si, Darling !*

Le café Le Penalty était ainsi agencé : une double porte vitrée, pleine d'autocollants, s'ouvrait sur un comptoir en coude. À droite, le coin tabac et les journaux. En face, le comptoir filait vers une arrière-salle un peu crade, un baby, la porte des toilettes et celle, vitrée, d'une cabine téléphonique. Au-dessus des deux portes, une banderole clouée au mur, en rouge sur jaune, criait « Allez Heurleville ! ».

Parallèle et face au bar, à gauche, une longue banquette en moleskine vert printemps longeait quatre tables en Formica. Au bout de la banquette, vers l'arrière-salle, un muret de briques avec dessus des plantes vertes.

À l'autre extrémité de la banquette, près de la double porte vitrée, le juke-box et Darling assise à côté. Darling prit une pièce de monnaie... K 18.

– Encore ? s'écria le serveur. Catherine, tu

commences à nous faire chier avec cette chanson. Change de disque !

– Maintenant, faut m'appeler Darling, dit Catherine.

– Darling mon cul, oui !

– Non, non, juste Darling.

– Moi aussi, j'aime cette chanson..., dit une voix à l'autre bout de la banquette.

Darling se tourna. C'était Vincent Blandamour, seul aussi à une table, près du muret et ses plantes vertes.

– Vous avez changé de coiffure ! Ça vous va bien. Et puis il est beau le bracelet jaune, là...

Darling feuilleta les pages de son catalogue.

– Pas cher, pas cher une C.B... Elle est marrante, ma collègue. On voit bien que ce n'est pas elle qui la paie...

Puis elle chercha une cigarette dans son sac à main.

– Va falloir que j'économise un moment parce qu'une C.B. qui porte loin, ça coûte quand même bonbon !

Pep, fww... Une main gauche disposée en coupelle, avec à l'intérieur une allumette enflammée, se présenta devant le visage de Darling. C'était Vincent qui, d'un coup, avait glissé le long de la banquette, son bras droit traînant sur la moleskine.

– Merci, dit Darling en allumant sa cigarette.

– C'est quoi ? demanda Guignol, désignant le catalogue.

– Des C.B. pour parler aux routiers. Mais c'est cher. Faudra que j'attende avant de m'en acheter une.

Et Darling se leva, quitta le café, laissant le catalogue sur la table.

– Vous aimez bien les routiers, hein ? s'écria Vincent.

– Ah oui, répondit Catherine en refermant la porte du café. Je les adore. Un jour, j'en épouserai un...

Alors, dans un claquement de fil de pêche, une paupière s'abattit sur un œil de Guignol...

Le lendemain soir, revenant de chez Tuvache dans la bétaillère de son père, Catherine, après avoir salué le poteau télégraphique habillé d'une veste kaki de l'U.S. Army, est entrée dans la maison. Sa mère lui a dit :

– Y'a le gars à Blandamour qu'est venu t'apporter un cadeau.

– Ah bon ?

– Il t'a acheté une radio.

– Une radio ?

Catherine regarda le paquet sur la table. En illustration, on voyait aussi un micro.

– Une C.B. !

Vincent voulait le bonheur de Catherine jusqu'à son propre martyre.

19.

– Dans ma chambre, dont j'avais changé la serrure à cause des indiscrétions du père, de la C.B., j'en faisais le soir et la nuit... Avant de m'endormir, allez hop, je l'allumais et écoutais ce qu'il se passait. J'entendais des gens qui discutaient, alors j'essayais d'entrer dans les conversations.

Avec une C.B., tu peux glisser d'un canal à l'autre et entendre plus ou moins de gens discuter ensemble, c'est selon ton antenne. Moi, la mienne était très puissante. Elle portait à trente-cinq, quarante kilomètres.

Le canal où j'étais le plus souvent, c'était le 19, donc le canal des routiers. Quand tu veux lancer un appel, tu le lances sur le 19 ou le 27. Et une fois que tu as pêché quelqu'un, il faut que tu changes. Tu n'as pas le droit de rester sur le 19 ou le 27. T'es obligé d'aller sur un autre canal. Tu lui donnes un rendez-vous, tu lui dis : « On se retrouve sur le 15 », par exemple... On ne se retrouve pas sur le 30 ni sur le 13 parce que là-bas, c'est interdit, ce sont des canaux réservés aux navigateurs. Autrement, tu pouvais aller où tu voulais entre 1 et 40.

On parlait de la pluie et du beau temps. Des fois, on se retrouvait là-dessus à plusieurs, comme entre copains, et on parlait de notre vie. On ne savait pas à qui on parlait parce qu'on avait tous un pseudonyme – un Q.R.Z. comme on dit en langage routier.

L'appel, c'était : « Attention les stations, est-ce qu'il y a quelqu'un en fréquence pour Darling 5.0. ? » Le numéro que tu rajoutes après ton nom, c'est celui de ton département. Moi, c'était la Manche (50).

Alors, s'il y avait quelqu'un, il répondait : « O.K. la station, je te copie. Ici (par exemple) Apollon 28 (s'il était d'Eure-et-Loir). On passe sur le canal 17. » Alors on se mettait sur le 17 et on parlait.

D'abord on se dit bonjour mais ce n'est pas bonjour qu'on dit. On dit « 73-51 » ! Si c'est un routier qui s'adresse à une fille, il rajoute : « Gros 88 » ! Ça veut dire « Bisous amplifiés ». Il n'y a que des codes dans la C.B.

– Pourquoi ?

– Je ne sais pas. C'est le code cibiste, t'as un langage cibiste. Quand tu achètes une C.B., en principe, dans la boîte, tu as aussi le formulaire qui t'explique comment il faut parler. Tu ne parles pas normalement.

Lorsqu'un routier pénétrait dans ma zone, je pouvais entrer en contact avec lui et puis au bout d'un moment, lorsqu'il avait dépassé les quarante kilomètres, je le perdais... Quand tu es sur le point de perdre quelqu'un, la plupart du temps, tu le sens. Tu le devines au son de sa voix qui n'est plus la même ou de plus en plus faible. Tu sens qu'il perd de la puissance et tu t'en aperçois... Mais des fois, t'as rien vu venir. Tu parles, tu parles, tu continues à parler mais ça ne répond plus. Bon, tu te dis : « Ça y est, je l'ai perdu. » Et tu ne peux plus le ravoir...

– Et quand on a le temps de se faire des adieux, comment on s'y prend ?

– Tu dis « 73-51 ». Bonjour et au revoir, c'est pareil. Quand tu es une « porteuse », c'est-à-dire que tu fais de la C.B. en fixe comme moi, on peut aussi te demander où se trouve ton « Q.T.H. » Le Q.T.H., c'est là où tu habites. On peut aussi te demander comment vont les « Q.R. pépettes ». Ça veut dire : les enfants. Un homme c'est un O.M., une femme c'est une Y.L. On te demande aussi si tu es en « pouche » ou en « mille-pattes ». Pouche c'est voiture, mille-pattes c'est camion. Pour prévenir qu'il y a des flics sur la route, tu lances : « Attention, papa 22 ! » « Attention, boîte à images ! », ça veut dire qu'il y a des radars.

Souvent j'entendais aussi par exemple : « Attention les stations, je souhaiterais un radioguidage pour Coutances. » J'avais toujours une carte routière sur le lit. Alors je commutais et, après lui avoir demandé sa position, je lui indiquais la route de Coutances.

– Tu as rencontré des mecs, grâce à ça ?

– Oui, j'ai rencontré mon mari. Cette nuit-là, j'aurais mieux fait de ne pas commuter...

20.

– Aïe !

En ce dimanche de février, Vincent a voulu poser une longue bûche dans la cheminée de ses parents mais elle lui est tombée sur un pied.

– Ouille, ouille, ouille...

– Eh bien que t'arrive-t-il, mon garçon ? lui demanda sa mère Aimée (c'est son prénom).

– La bûche m'a glissé des doigts. Je ne sais pas pourquoi mais je n'ai plus de force dans le bras droit. Regarde, maintenant, il pend tout le temps...

– Oui, j'avais remarqué. Et puis ton œil, là, qu'est-ce qu'il a, lui ?

– Je n'arrive pas à relever cette paupière non plus. Ça m'est venu d'un coup, comme un fil qui claque.

– Ah ? Tu veux qu'on appelle le docteur Coligny ?

– Non, ça va passer. Ce doit être parce que je suis fatigué. Je vais aller me coucher.

– Sans dîner ?

– Oui, oh... Pas faim.

– Ce n'est pas en restant sans manger que tu vas reprendre des forces, Vincent ! Finalement, je préférais quand, le mardi, tu achetais trop de viennoiseries...

– Moi aussi.

– Alors recommence si tu veux. Achètes-en même davantage...

– Non. Plus envie.

Auguste et Aimée Blandamour ont regardé leur fils unique de vingt-sept ans survoler le sol et flotter jusqu'à sa chambre.

– Ah là, là, drôle de pantin, drôle de fils ! s'inquiéta le père, en se baissant pour ramasser la longue bûche et la disposer lui-même sur les braises et les cendres.

– Oui, dit Aimée, ouvrant la porte d'un buffet pour y prendre un puzzle mille pièces qui représentait l'*Angélus* de Millet (peintre local). Oui... Je ne sais pas ce qu'il lui arrive mais il a l'air tracassé depuis quelque temps.

Le père regarda le tableau en illustration sur le couvercle de la boîte du puzzle.

– Pourquoi est-ce qu'ils prient, eux, tous les deux devant une brouette ?

– Il paraît qu'avant, il y avait un cercueil d'enfant dedans et puis que, finalement, le peintre l'a retiré. Alors maintenant, les parents prient devant une brouette vide.

– Ah ? Je ne savais pas.

Aimée s'installa de l'autre côté de la cheminée, dans un fauteuil identique à celui de son mari (velours mille-raies vert d'eau). Entre les deux fauteuils des parents, il y en avait un troisième face à l'âtre mais il était vide.

– Il est si seul..., dit la mère renversant toutes les pièces du puzzle en vrac sur une table basse. Aucun ami et toujours pas de liaison à bientôt trente ans! Peut-être qu'il lui a manqué un frère pour le soutenir ou alors une petite sœur pour le comprendre. Il est si fragile. Un rien l'abîme. J'ai toujours peur qu'il se brise.

La mère triait les pièces couleur de ciel et continua :

– Il paraît aussi qu'on se moque de lui en ville et qu'on lui donne un surnom qu'on n'a pas voulu me répéter.

– Il vaudrait mieux que je ne l'entende pas non plus sinon, il pourrait bien y avoir quelques métairies qui sauteraient à travers le canton, menaça Auguste. Je préfère laisser des champs en friche plutôt que de les louer à des imbéciles qui insultent mon garçon.

– On avait pourtant tout pour être heureux, souffla la mère... Et puis nous voilà un enfant triste. Est-ce que tu crois qu'on a mal agi?

– Je ne sais pas. Ah, les mômes, c'est bien du souci. Regarde les Nicolle par exemple.

– Oui, pas facile pour eux non plus, hein?

Le salon des Blandamour était immense, traversé au plafond par de longues poutres en châtaignier imputrescible que le tanin, en suant, avait teintes en noir. Sur la plaque de diorite aux veines bleues de la cheminée, quelques lourdes statues de bronze représentaient des danseuses en déséquilibre et des Hercule luttant avec des lions dans des combats impossibles.

Tout autour d'une étroite et longue table de

couvent, dont les tiroirs étaient disposés en quinconce, de fines chaises cannelées semblaient se faire la conversation. Derrière elles, trônaient de grands meubles aux allures de nourrices ainsi qu'une armoire en merisier blond, dont le contour des serrures était en os ciselé. Partout, des bouquets de fleurs séchées, disposés avec goût, se reflétaient dans des miroirs aux cadres dorés, sculptés de feuilles d'acanthe. Sur la table, dans un bocal en verre, un pot-pourri de pétales parfumait l'air. Par-dessus les tommettes rouges du sol, un grand tapis d'Orient, laine et soie...

– Pas sûr que je réussisse un jour à remettre tout ça en ordre, dit la mère regardant son puzzle. Finalement, je vais me coucher. Je n'ai pas d'appétit non plus. Tiens, tu savais qu'il s'était acheté une C.B. à Saint-Lô ?

– Ah bon ? Remarque ce n'est pas mal, ça..., dit le père, se levant aussi pour suivre sa femme en laissant la bûche fumer lentement dans le foyer. Une C.B., ça va peut-être enfin le décider à parler...

Mais en fait, parler, se confier ou se plaindre n'était vraiment pas son truc à Vincent Blandamour. La preuve : lorsqu'il a déballé la seconde C.B. achetée à Saint-Lô, il a laissé le micro dans la boîte.

Cette C.B., il s'en servait uniquement comme si c'était une radio. Il l'écoutait et se morfondait dans le silence confortable de sa chambre. En pyjama bleu clair à fines rayures outremer, la C.B. posée sur les jambes, il oscillait entre le canal 19 et le 27. Il attendait que Darling lance ou réponde à un appel. Et dès qu'elle intervenait et donnait un rendez-vous à un routier sur un autre numéro, il se branchait aussitôt sur le canal en question et écoutait... Ah vraiment, elle avait une belle voix, la fille de La Barberie !

Pauvre marionnette à fils, assise sur le couvre-lit comme une poupée de foire gagnée à un stand de tir, Guignol, un bras étalé et une paupière tombée, regardait droit devant lui – œil cyclopéen fixe sur un visage de porcelaine ovale. Ses lèvres en pétales de rose n'étaient plus trémières mais carminées de fièvres.

Il écoutait son amour discuter, s'enflammer et rire aux blagues salaces que lui disaient d'autres hommes dont la voix ne ressemblait guère à la sienne.

C'est alors que, tous les soirs, il se lovait couché sur son bras droit et s'astiquait dans la souffrance. Sa main gauche faisait des aller et retour malgré lui. C'était le ciel qui le branlait.

Plutôt que « Guignol », s'il avait dû se choisir un Q.R.Z., cela aurait pu être : « Battling prépuce ! »

Darling, elle, de la C.B., le week-end, elle commençait à en faire très tôt dans la soirée. Le socle aimanté de son antenne, que l'on place habituellement sur le toit des camions, elle le plaquait contre le volet en fer de sa fenêtre. Et c'est ainsi qu'elle captait les routiers... Un câble noir, de la fenêtre au lit, serpentait sur le sol.

Juliette ou Pénélope, attendait-elle Ulysse ?

En tout cas, elle répondait aux demandes de radioguidage et suivait, d'un doigt sur la carte, les parcours qu'elle conseillait. Entre les appels, son doigt continuait au hasard des nationales, embranchements d'autoroute, départementales et chemins de traverse.

– Où es-tu ?...

Souvent, la main descendait ensuite vers le bas de la carte routière et le haut de ses cuisses sur lesquelles tout un réseau de veines bleues gonflées ressemblaient à des départementales. Puis la main continuait sous les draps et se perdait entre ses jambes sans radioguidage...

– Où es-tu ?...

La tête de Darling roulait alors sur l'oreiller, prenait du rythme, battait de droite à gauche dans la braise de ses cheveux d'or... Parce qu'elle avait laissé son micro ouvert, Guignol, chez lui, entendait le souffle, les râles intimes de la jeune femme et son appel :

– Où es-tu ?

Ah mais pourquoi Vincent n'a-t-il jamais déballé, branché son micro et répondu :

– Je suis là.

Lui et elle, rêvant d'amour, mais se branlant chacun d'un côté de la nationale, pourquoi ne se sont-ils pas levés et tombés dans les bras, au milieu de la chaussée, ces deux-là ?

– Ah ça...

– On cherche parfois bien loin le plaisir qu'on a sous la main, s'est dit Darling, un doigt dans la chatte.

Et Vincent et Catherine s'endormirent dans une convulsion identique.

Mais un peu plus tard, sa C.B. étant restée en veille, Darling fut réveillée par un ronflement aussitôt suivi d'un appel :

– Attention les stations ! Est-ce qu'il y a quelqu'un en fréquence pour Roméo 1.4. ? Attention les stations, est-ce qu'il y a une Y.L. dans cette zone qui voudrait rencontrer l'amour, le vrai, celui qui a des couilles au cul ?

– Moi !... dit Darling, se redressant dans son lit.

Guignol, lui, ne s'était pas réveillé.

21.

– O.K. Roméo. Ici, c'est Darling 5.0. !

– Alors on a basé sur un canal.

– Vous avez ?

– Basé sur un canal. Lequel, je ne sais plus mais c'est là qu'on est entré en contact et qu'on s'est dit bonjour par la C.B.

– 73-51...

– C'est ça. Aussitôt, il m'a proposé un petit « gastro-liquide ». C'est-à-dire qu'il m'invitait à venir boire un petit coup dans son camion. Il m'a dit aussi : « Dis donc, t'habites un drôle de coin. Tout à l'heure j'ai vu une folle en robe de chambre qui grimpait à un poteau avec un ballon... » « C'est rien ça, c'est ma mère », que je lui ai répondu. « Ah bon ? » qu'il m'a dit.

Et Darling a indiqué à Roméo que, justement, son Q.T.H. se trouvait face au poteau. Le temps de s'habiller et elle a descendu l'escalier sur la pointe des pieds.

Sous le totem-Joseph, le semi-remorque l'attendait déjà comme un gros chat, portière du passager ouverte comme une gueule. Darling s'est engouffrée dans ce trou noir et a claqué la portière derrière elle. Au-dessus de la porte d'entrée de La Barberie, la colombe en céramique de l'auvent s'est cassée.

– Emmène-moi ! Emmène-moi où tu veux, je suis à toi !

Le conducteur a tourné sa tête vers Darling. Roméo 1.4. était un pâle voyou borgne. Du moins, c'est l'impression qu'il donnait à cause de l'ombre du rétroviseur posée sur son œil gauche.

– Un petit bisou ?

Il a avancé ses lèvres et son visage dans la lumière. Il avait maintenant des yeux couleur flaque de gasoil, ce qui a beaucoup plu à Darling.

– En fait, il était bourré...

– Démarre, démarre vite ! dit Darling. Il y a si longtemps que je rêve de foutre le camp d'ici avec toi.

– Alors tout à l'heure, les bisous, promis ?

– Promis.

Roméo a mis le contact, passé la première et plus jamais Catherine n'a habité chez ses parents.

– On va où ?

– Livrer des vaches en Hollande.

– En Hollande...

– D'ailleurs, je suis super à la bourre. Mon patron va gueuler mais je l'emmerde !

Roméo paraissait être un rebelle ce qui a plu aussi à Darling.

– *En fait, c'était un branleur.*

Les 400 ch du Dodge ont d'abord filé vers Caen. Darling n'en revenait pas. La vie pouvait donc être si simple. Elle se serait bien donné des gifles pour être certaine qu'elle ne rêvait pas.

– *Des gifles, j'en ai pris plus tard... Et plusieurs... Putain !*

Mais là, elle était heureuse comme jamais elle ne l'avait été auparavant. Confortablement installée dans un de ces grands jouets ronronnants dont elle avait toujours rêvé... Elle caressa le tableau de bord, le cuir de son siège, la vitre de sa portière...

– Tu me câlines aussi ?

Elle posa sa main sur une épaule nue du jeune routier et la glissa le long de son bras.

– Plus bas.

Elle rit. Il faisait si chaud dans la cabine et lui, il était si beau. En débardeur et santiags, brun avec une mèche sur le côté, il ressemblait à Roch Voisine.

– Comment tu t'appelles ? Ton vrai nom, Roméo.

– Joël... Joël Épine. J'ai vingt-quatre ans. Tu veux connaître la taille de ma bite aussi ?

– Joël...

Catherine répéta le prénom plusieurs fois pour s'en emplir la bouche, le ventre, le cœur, l'âme et jusqu'à la moelle des os. Joël... Joël Épine... Même son nom de famille ressemblait à « Voisine ». Épine, évidemment ça faisait un peu fleurs mais vraiment cette nuit-là, c'était sans importance. Et Roméo ! Quelle jolie idée que de se faire appeler Roméo.

Roméo et Darling...

Les quarante tonnes du Dodge filaient maintenant sur l'autoroute vers Rouen. Jamais Catherine ne s'était autant éloignée de La Barberie. Entre le volant de Joël et le pare-brise, une multitude d'ampoules multicolores clignotaient en alternance autour de sa plaque de Q.R.Z. Ah, quel arbre de Noël ! Ça la changeait des oranges enveloppées de papier alu qu'elle avait reçues tous les ans pour cette fête-là. Roméo ouvrit la boîte à gants et en sortit une bouteille de whisky :

– Un petit « gastro-liquide » ? C'est du pur malt.

– J'en ai jamais bu.

Elle mit la bouteille à ses lèvres et en siffla une longue rasade. Puis encore. Ça brûlait, étourdissait la réalité et troublait la vision. Elle en ingurgita à nouveau, puis tendit la bouteille à Roméo.

– Tu as le droit de boire, toi, en conduisant ? Mais les « papas 22 » alors ?

– Les flics, je les emmerde !

Il en avala directement un quart de la bouteille, puis s'essuya les lèvres en disant :

– Ah, quelle pipe ! T'as vu comment il faudra me faire ?

Et il rit. Darling qui n'avait pas compris riait quand même. Tout la faisait rire maintenant : les cataphotes des voitures qui les dépassaient, les phares des camions dans l'autre sens et même les étoiles dans le ciel. Ah, bon sang, la douceur de vivre existait donc... Un rideau plissé orange battait dans son dos. Elle le souleva et découvrit une couchette.

– On ira là, tout à l'heure, promit Roméo.

Cet homme la désirait... Ce sera sa première fois. Elle en baissa les paupières de bonheur et s'endormit contre la portière, bercée par le bruit du moteur.

Ils ont roulé toute la nuit. Le travail de Roméo consistait à faire ce qu'on appelle de la ramasse. D'après une liste qu'on lui avait fournie, il allait de ferme en ferme ramasser à chaque fois trois ou quatre bêtes qu'il entassait dans le semi-remorque et la belle-mère derrière. Il pouvait en charger dans le Dotche à peu près une cinquantaine. Mais souvent il allait jusqu'à soixante, la surcharge on s'en branle ! Il avait fait ça durant tout le week-end. Mais, de ferme en ferme, il était aussi allé d'apéro en apéro, de digestif en digestif... Et pour finir, bourré, il avait ramassé Darling.

Huit cents litres de gasoil dans les réservoirs, il devait aussi s'arrêter à peu près tous les deux cents kilomètres pour vérifier qu'aucune bête ne s'était couchée. Cela arrivait parfois et alors ses congénères la piétinaient et lui éclataient le ventre.

Roméo livrait les bovins à des abattoirs de Hollande mais il fallait que toutes les bêtes soient vivantes car on ne les prenait que « sur pieds ». À destination, une bête morte était refusée et c'était un manque à gagner pour son patron qui gueulait.

Lorsqu'il s'arrêtait sur une aire de repos pour vérifier la verticalité des animaux, il descendait de sa cabine avec une longue badine qu'il faisait cingler, à travers les claires-voies, sur le cuir de la bête qui, résignée, semblait vouloir se coucher.

– Aï donc, bon dieu de fainéante. Veux-tu bien rester le cul en l'air.

À chaque voyage, Roméo l'avait remarqué, plus on s'approchait de l'abattoir, plus les vaches devenaient nerveuses et stressées comme si elles pressentaient. Leurs remuements secouaient les deux remorques et rendaient la conduite de plus en plus difficile. Lorsqu'elles étaient très agitées, il arrivait même qu'elles renversent le camion sur la chaussée.

Au troisième arrêt, vers quatre heures du matin, sur une aire de repos de l'autoroute traversant la Belgique, après avoir vérifié une dernière fois le comportement des bêtes, Roméo remonta dans la cabine. Et là, du bout de sa badine, il souleva la robe de laine bleu cendré, décorée d'étoiles de neige, le long des cuisses nues de Darling. Celle-ci se réveilla lentement et tourna la tête en lui souriant. Il était si beau, ce n'était donc pas un rêve...

– Viens, lui dit Roméo en tirant le rideau plissé de la couchette et ôtant son débardeur.

Catherine avait mal à la tête – la gueule de bois. Pour un dépucelage, elle aurait préféré être à jeun mais Roméo la retourna à quatre pattes sur la couchette et remonta la robe par-dessus ses épaules. Puis il déboutonna sa braguette.

Ventre nu couché sur le dos nu de Darling à cause du manque de hauteur de la cabine, les deux corps blêmes et roses, remuants et tragiques dans la nuit bleutée étaient flashés en alternance par les lueurs primaires entourant la plaque de Q.R.Z. Et tout cela était un remugle, une ivrognerie. Roméo et Darling baisaient comme des chiens !

La jeune femme bousculée et hagarde, la tête sous sa robe de laine, tourna les yeux vers la cloison de la cabine. Derrière elle, dans les deux remorques, toutes les vaches seraient abattues au lever du soleil.

22.

– Allô, madame Clément ? Vous vous souvenez de moi ? C'est Catherine.

– Catherine ! Je pensais que tu nous avais oubliés... Mais comment vas-tu, ma belle ?

– Très bien, je vais me marier.

– Sans blague ! Attends, laisse-moi deviner son métier...

– Gagné !

– Qu'est-ce que tu dois être heureuse... Alors raconte-moi, il est beau ?

– Il ressemble à Roch Voisine. En pantalon, il fait du 36.

– Formidable ! Et vous vivez déjà ensemble ?

– Oui, depuis qu'on s'est rencontrés, il y a trois mois. On habite chez lui, à Lépieux-sur-Mer dans le Calvados. Faudra faire des travaux mais c'est bien... Je vous appelais aussi parce que je voudrais vous inviter à mon mariage à Heurleville. C'est le 17 mai.

– Déjà ? Dites donc, vous ne perdez pas de temps, mais bien sûr qu'on sera là...

– Et puis vous savez quoi, madame Clément ? Je suis enceinte !

– T'étais enceinte ?

– Oui, de Kevin. C'est pour ça qu'on s'est mariés si vite avec Roméo.

– Qui a proposé le mariage à l'autre ?

– C'est moi.

– Tu te souviens comment tu le lui as dit ?

– Eh bien, pendant les trois mois qui ont suivi notre rencontre, je n'ai pas eu mes règles. Ce qui fait que je crois bien qu'il a été conçu le premier soir, dans le semi-bétaillère, mon aîné...

– Ta mère a été fécondée en amenant une vache au taureau, toi, dans une bétaillère... Décidément, ça vous réussit les bovins !

– En tout cas, je suis allée faire des examens... Je crois que c'était un lundi et quand je suis rentrée, j'ai dit à Joël : « Bon, ben je suis enceinte ! » Mais non, en fait ça ne s'est pas passé comme ça. Je lui ai dit : « Il faudrait p't'être ben qu'on se marie... » Il fait : « Pourquoi ? » « Ben, parce que bientôt, on sera trois ! » Et là, ça lui a fait un petit choc quand même. Et puis il a dit : « Oui mais moi, je ne veux pas me marier maintenant. » Je fais : « Pourquoi ? » « Parce que j'ai la trouille des prises de sang. » Pour se marier, il faut faire une prise de sang avant. Donc, il ne voulait pas trop et puis après, ben il s'est décidé. Il a fait : « Oui, oui, tu as raison. Il faut qu'on se marie. »

Les parents, eux, ont été moins enthousiastes que les Clément lorsque Darling est venue avec Roméo leur annoncer la bonne nouvelle.

– Ça ne nous intéresse pas, qu'ils ont répondu.

Catherine, depuis qu'elle les avait quittés, ne leur avait plus donné signe de vie.

Suzanne, près de la table, cousait et assemblait plusieurs foulards de soie, peints au batik, sentant le patchouli et le moisi. Georges, debout près du buffet, accoudé entre les portraits de Joseph et Henri, évaluait Joël d'un regard professionnel. Puis il a dit comme si son futur gendre n'était plus devant lui ou comme s'il parlait d'un broutard :

– Il ne me plaît point, c't'animal là. T'aurais mieux fait de vouloir marier le gars à Blandamour. C'ty-là, c'est de la sale carne. Fais confiance à ton père. Je m'y connais en bestiaux. Tu vas en chier avec lui. J'en ris d'avance !

– Et tu sais quoi, Jean ?
– Quoi ?
– Il avait raison.

23.

– On dit souvent que pour une femme, le plus beau jour de sa vie, c'est celui de son mariage. Eh bien, c'est des conneries ça.

Le samedi 17 mai 86, à quatorze heures trente, lorsque Darling est arrivée à la mairie, sa mère Suzanne, habillée en fermière, parlait à tout le monde :

– Vous savez que ma fille est une morue ? Si, si, je vous assure. Il n'y a que le train qui ne lui est pas passé dessus ! Ah ça, j'ai beaucoup plus de satisfaction avec mon fils aîné...

Sur la place d'Heurleville, les invités endimanchés étaient tous très gênés. Mais Suzanne – mouche à merde – virevoltait de groupe en groupe et débitait la même rengaine dans un petit rire de fourmi :

– Vous savez que ma fille est une morue ? Si, si, je vous assure. Il n'y a que...

– Tiens, v'là la putain ! dit Georges, les deux mains dans ses poches, en tenue de maquignon comme s'il allait visiter une étable.

Darling, enceinte de presque cinq mois, arrivait au bras de Joël au milieu de la place ensoleillée. Le docteur Coligny, debout sur les marches de la mairie, tapa dans ses mains :

– Allons, allons, puisque les tourtereaux sont là, on va pouvoir commencer ! C'est que, derrière, il y a le curé qui vous attend aussi...

Darling s'approcha de son père.

– Tu me prends le bras, papa ? C'est la tradition.

– Non. T'as voulu ça comme mari alors maintenant, tu te démerdes avec.

Alors ce fut Joël qui reprit le bras de Darling. Chemise bleue, costume blanc et cravate rouge sang, il était très élégant. Rose écarlate à la boutonnière... Darling posa sa tête contre une épaule de Roméo :

– Protège-moi...

– T'en fais pas. Avec mes trois copains, on a prévu des blagues, on va se marrer.

Elle se serra plus fort contre lui. Mais une épine de la rose à l'habit lui creva la joue.

– Aïe.

Une minuscule gouttelette de sang perla comme un éclat de rubis. C'était joli.

Les futurs époux Épine se prirent le bras et entrèrent dans la mairie, suivis du cortège.

– Prête à vêler et elle ose se marier en blanc ! Elle n'est pas gênée celle-là..., lança, derrière tout le monde, Suzanne en se grattant le cul dans sa robe de fermière.

Après les traditionnelles recommandations et le résumé des droits et devoirs d'un couple, le docteur Coligny demanda à Darling et Roméo s'ils étaient bien d'accord pour se marier.

– Oui ! lâcha Darling comme remontant à la surface d'un étang après vingt et un ans d'apnée.

Quand la question fut posée à Roméo, Darling s'inquiéta. Il était si rebelle et blagueur. Et s'il répondait « non » ?

– Oui, répondit Roméo.

Puis ce fut la remise des alliances. Joël enfila la sienne et tendit à Darling une petite boîte gris perle. Après l'avoir ouverte, la jeune mariée découvrit une bague brillante comme une ville, surchargée de ce qui semblait être d'énormes diamants. Elle en écarquilla des yeux grands comme des assiettes à dessert.

– T'affole pas, lui dit son mari, c'est du...

– C'est du vrai ! dit Darling posant deux doigts sur la bouche de Joël.

Sur les marches de l'église, Darling eut une autre surprise : parmi les badauds qui regardaient la noce, dans un renfoncement de pierre, Vincent Blandamour, habillé en marié, pleurait... De longues larmes coulaient sur ses joues, se perdaient dans le col de sa chemise.

Darling ne l'avait pas invité. Mais, l'apercevant, elle fut aussitôt bouleversée par l'intensité dramatique de l'unique œil ouvert de Guignol qui la fixait comme un noyé. Blandamour était tragiquement beau dans son habit neuf de cérémonie même si une paupière et maintenant ses deux bras pendaient comme du linge.

Bucaille (ancien arrière gauche de l'équipe d'Heurleville) traversa la foule et s'approcha de Vincent.

– Ben, Guignol, tu t'es gouré. Ce n'est pas toi qui te maries. Qu'est-ce que tu fous déguisé comme ça ?

Et il lui lança une solide bourrade dans le dos.

– Sacré con, va !

La paupière effondrée de Vincent clignota et ses deux bras ballottèrent dans la lumière avancée de l'été.

Darling, lèvres entrouvertes et tremblantes, l'observait maintenant prise de panique. Elle se sentait soudain stressée comme une bête à l'entrée d'un abattoir.

– Et si j'étais en train de faire une énorme connerie ?..

Ce sentiment qui l'avait traversée fut fugace et fulgurant mais elle continua quand même à gravir les marches vers le porche de l'église. Erreur...

En longue robe blanche (et large parce qu'enceinte), voilette et semblant de crinoline (mais c'était ses hanches)... Délicat petit chapeau ridicule cerné de fleurs d'oranger (artificielles évidemment), derrière elle, sa traîne formait des vagues régulières comme en laisse sur le sable, la mer qui se retire. Cette traîne ondulée dans la lumière de l'été, on aurait dit un amas d'intestins grêles emmêlés. On aurait dit...

Darling et Roméo pénétrèrent dans la fraîcheur de l'église dont la charpente intérieure imitait la coque d'un bateau renversé. Lorsqu'ils en sortirent, suivis de leur soixante-dix invités, la population locale leur jeta du riz et les acclama. Darling était star comme une chanteuse d'Olympia ! Elle leva son visage sous la pluie sèche des rizières pour savourer cet instant unique de sa vie lorsqu'elle reçut aussi une petite pomme flétrie en pleine gueule.

Elle eut juste le temps d'apercevoir sa mère courir se cacher et refermer derrière elle les deux portes arrière de la bétaillère de Georges. Sur le siège du passager (la place du mort), dos aux acclamations, Vincent – poupée de chiffon – attendait qu'on le ramène chez lui. Car n'ayant maintenant plus de force dans aucun des deux bras, il ne pouvait conduire ni voiture ni tracteur.

Georges prit le volant et demanda à Blandamour :

– Tu veux venir aussi chez nous pour le vin d'honneur ?

– Non, dit Guignol, je préférerais que vous me déposiez chez moi.

Alors la bétaillère, suivie de toutes les voitures klaxonnantes de la noce, fit une halte devant La Clergerie, près du tracteur et la tonne à lisier garés au bord de la nationale. Georges se pencha et tendit le bras pour ouvrir la portière de Vincent.

– Allez courage mon gars ! Tu ne rates pas grand-chose, va...

Le chagrin et la déception avaient modifié le comportement des parents. La mère était devenue vulgaire et le père, parfois émouvant.

Georges et Suzanne, pour tenter de faire bonne figure, avaient quand même organisé chez eux un vin d'honneur. Sur une nappe en papier blanc gaufré recouvrant la table de la salle à manger, il y avait du mousseux, du vin blanc, du cidre bouché, des coupelles de cacahuètes et des assiettes de boudoirs.

Il y avait de tout, il ne manquait que l'ambiance. Ce n'était pas joyeux, on aurait cru un enterrement. Les frasques de la mère à la mairie et l'église et les commentaires du père avaient circulé dans les rangs. Les invités étaient principalement de la famille de Joël. Du côté des Nicolle, on comptait juste quelques cousins, oncles et tantes qu'on ne voyait pas souvent. Darling avait aussi invité deux amies d'école et bien sûr les Clément. Tout le monde était un verre à la main mais ne savait plus quoi dire. Il régnait un silence de foule impressionnant lorsque la mère péta énormément.

– Tiens, il y a de l'orage ! dit-elle.

Les copains de Joël éclatèrent de rire. Joël rit aussi. Sinon, le reste de l'assemblée regarda Suzanne, stupéfait. Chantal et Bernard Clément n'en revenaient pas... La pauvre mère, se sentant soudain scrutée, poussa un hurlement déchirant :

– Whoua !..

Et elle courut droit devant elle, vers la porte d'entrée, renversant des gens et des gobelets de plastique transparents. Elle traversa aussi la nationale et monta au poteau dont elle ne voulut plus descendre.

Darling se sentit mal, prise dans une sorte d'ivresse qui la dépassait. Un des copains de Joël (Patrick) lui tendit une coupelle.

– Des cacahuètes ? Pour te remettre.

Catherine en prit quelques-unes mécaniquement, les mit dans sa bouche et les mâcha mais elle n'y arrivait pas. Elle les recracha dans sa main. C'était de fausses cacahuètes en caoutchouc.

– Je n'en pouvais plus. Je croyais que je devenais folle. Je tremblais de partout...

C'est alors qu'elle entendit une explosion de bois en haut de l'escalier. Le père, d'un coup de pied, venait de fracasser la porte de la chambre de Catherine :

– Dans la série des curiosités familiales, avez-vous aussi envie de voir les peintures de ma fille ? dit-il. Si oui, c'est par ici la visite mais attention, ça pue !

– Ah bon, c'est une artiste ? s'étonnèrent les invités. C'est intéressant. Faut voir ça...

Darling crut qu'elle allait s'évanouir. Mais Roméo regarda sa montre et dit :

– Putain, déjà cinq heures ! Il vaudrait mieux qu'on aille vite faire les photos au zoo parce qu'après, il y a le banquet.

24.

Vingt-quatre voitures quittèrent La Barberie mais il n'en arriva que cinq à Saint-Malo-de-la-Lande, où devait se dérouler le banquet nuptial...

– Et pourtant, tout le monde avait l'adresse.

Mais dès les premières intersections de la nationale, les voitures s'étaient éparpillées dans tous les sens. Vu l'ambiance du vin d'honneur, ça promettait pour le dîner, alors la plupart des invités avaient préféré se débiner. Ils téléphoneraient demain pour s'excuser, prétextant n'importe quoi ; de toute façon, au point où on en était...

À l'arrière de la D.S. bleue que conduisait Roméo, des casseroles, des louches et des cuillères dansaient sur le bitume, retenues par une chaîne. Guignol, au bord de la route, regarda le cortège passer devant lui et il aperçut Darling. Sur la plage arrière, il y avait une gerbe de fleurs en plastique.

Vincent, assis en amazone sur sa tonne à lisier, avait trois mille litres de merde sous le cul. Pour

Catherine, ce n'était pas la joie non plus. Dans la voiture que conduisait Roméo, il y avait aussi ses trois copains. Pascal, assis à côté de Joël, chargeait une pellicule dans un appareil photographique. Ils prirent la route de Lessay car ils avaient eu l'idée de faire les photos de mariage au zoo. Darling se demandait bien pourquoi mais elle ne posa pas de questions, elle était déjà suffisamment sonnée.

En tout cas, sur toutes les photos de mariage de Darling et Roméo, on peut voir aussi des singes qui s'enculent, des girafes qui se reniflent, un hippopotame qui chie.

Le banquet eut lieu dans la salle omnisports de Saint-Malo-de-la-Lande. Il y régnait une tenace odeur d'humidité et planait aussi une sueur acide de sportifs. Dans cette grande salle aux murs orange vif, sur le carrelage vert, une longue table disposée en « U » était prévue pour soixante-dix personnes mais ils n'étaient plus que dix-huit.

Des étiquettes nominatives indiquaient les places d'honneur de Roméo et Darling. Pour les parents des mariés, on avait voulu bien faire les choses. Afin que les familles se découvrent, il avait été prévu d'installer à droite de Roméo, Suzanne puis le père de Roméo... À gauche de Darling, Georges puis la mère de Roméo.

Mais, découvrant cette disposition, le père Nicolle intervertit aussitôt des étiquettes. Il remit sa femme à côté de lui et les parents de son gendre ensemble. Il déplaça aussi, le plus possible, son assiette vers la gauche.

– Entre papa et moi, on aurait pu mettre deux personnes...

Puis les convives attendirent le signal du marié pour s'asseoir. Darling regarda devant elle les cinquante-deux places vides sur les deux ailes de la table. Le hors-d'œuvre était déjà servi dans les assiettes. Une tranche de colin froid suicidé recouvrait une feuille de salade flétrie. Une olive noire sur une demi-rondelle de citron dominait le colin. Un serpentin de mayonnaise tachait la salade. Au plafond, de longs néons grillagés vibrionnaient. L'endroit suréclairé était aussi très sonore et répercutait les bruits.

– Asseyons-nous, dit Roméo.

L'assistance déplaça les chaises et se pencha pour s'asseoir tandis qu'un énorme pet retentit dans le gymnase. Les invités regardèrent Suzanne... Mais c'est le père de Darling qui, déjà assis, se releva et souleva le coussin de sa chaise. Dessous, comme une bouillotte aplatie, il y avait un coussin péteur.

Roméo et ses trois copains se plaquèrent aussitôt la main contre la bouche pour se retenir de rire. Georges balança le coussin péteur sur le carrelage au centre de la salle. Puis tout le monde s'assit précautionneusement sans aucun commentaire. Darling avait des vertiges... Elle eut besoin de se rafraîchir, alors Roméo lui servit un verre de vin rouge.

– Plutôt de l'eau, demanda Darling.

– Mais non, du rouge ! répliqua Roméo. Aujourd'hui, c'est fête.

Darling prit le verre et but mais il lui coula du vin sur le menton et la robe de mariée.

– Oooh...

Elle s'excusa et saisit sa serviette pour essuyer ses lèvres, son menton et aussi le rebord du verre. Elle but à nouveau. Il coula encore du vin sur sa robe. Elle ne comprenait plus rien. Elle était paumée... On lui avait collé un verre baveur et elle ne l'a jamais compris. Tout le monde riait d'elle, la prenant pour une conne.

Chaque fois qu'elle buvait, du vin rouge coulait entre ses seins sur la robe blanche. Une longue tache s'étalait, imprégnait le tissu, lui traversant verticalement la poitrine.

Chantal Clément, assise à l'aile droite de la table, se leva avec un verre vide pris à la place inoccupée à côté d'elle. Puis elle alla jusqu'à Catherine, lui retirer le sien et poser l'autre devant elle. Darling regarda alors Mme Clément, les yeux embués de larmes.

– Allez, on met de la musique ! dit le père de Roméo – un ancien militaire qui avait apporté sa chaîne stéréo. Il enclencha « Play » et cela lança une chanson gaie.

– Eteignez votre bazar sinon je me casse, menaça Georges.

Épine n'aima pas trop cette façon qu'avait Nicolle de lui donner des ordres... Il laissa donc aller la musique.

– C'est-y compris ? surenchérit Georges.

Finalement, le père de Roméo appuya sur « Stop ». Et c'est dans un silence total que tout le monde a mangé les deux gigots d'un mouton désespéré qui s'était jeté sous un train. Avant les desserts, Roméo voulut porter un toast. Alors il se leva.

– À ma femme !

La maigre assemblée applaudit Darling. Celle-ci esquissa un sourire confus en se levant aussi. Elle sentit alors, derrière elle, les mains de son mari lui poser un masque sur le visage et tendre un élastique derrière sa nuque.

– À ma femme... chez qui tout est bon !

De l'intérieur noir du masque qui sentait le carton encollé, à travers les deux petits trous prévus pour les yeux, Darling vit tout le monde rire, sauf ses parents et les Clément.

– Fais la fatma sans musique puisque ton papa ne veut pas ! lui dit Roméo. Fais la fatma en silence, chérie, pour nos amis... Allez danse !

Alors, debout, déboussolée, comme errant dans ses propres ruines, elle ondula son ventre de femme enceinte et tourna sa figure de droite à gauche. Tous les convives qui s'esclaffaient s'allumèrent comme des briquets. Ils avaient maintenant des têtes en forme de flammes et leurs rires résonnaient dans la salle de sport comme la grêle jetée au carreau d'une fenêtre... Darling, prise de panique, courut jusqu'aux toilettes et là, devant les grands miroirs des lavabos alignés, elle se regarda...

Elle vit une grosse déguisée en mariée. La robe blanche paraissait ensanglantée d'une déchirure verticale entre les tétines. Elle avait aussi une tête neuve de petit cochon rose étonné.

Dans la fraîcheur des lavabos, la buée de sa respiration s'échappait par les trous des yeux et les côtés du masque. Elle était une truie éventrée en robe de mariée ! Derrière elle, dans le reflet des miroirs, les vagues de sa traîne lui donnaient le mal de mer et ressemblaient vraiment à des intestins grêles répandus sur le sol des toilettes. Elle se voyait telle qu'elle s'était rêvée toutes ses nuits d'angoisse depuis l'enfance, depuis le jour où Naïma... Elle était devenue son propre cauchemar !

Elle en pleura sous le masque fumant, des pluies tropicales. Pour se rafraîchir, elle passa ses mains sous l'eau et là, eut une autre surprise : tous les diamants de son alliance fondaient, se dissolvaient sous le robinet comme du sucre... Il ne resta bientôt plus qu'une architecture creuse de fer doré à l'annulaire de Darling. La bague venait aussi d'un magasin de farces et attrapes. Elle allait en chier avec ce mariage...

Pendant que Darling repensait à cette phrase souvent entendue : « Pour une femme, le plus beau jour de sa vie c'est... », Chantal ouvrit la porte des toilettes et lui retira le masque ridicule.

Puis essuyant avec un mouchoir propre le déluge de ses yeux, Mme Clément, sans y croire une seconde, dit à son ancienne employée :

– Allez, allez, ma belle... « Mariage pluvieux, mariage heureux ! »

– Des conneries aussi ça, suffoqua Darling.

25.

« Les dictons de l'amour normand »

C'était un calendrier sous le compteur à gaz...

« Au mariage et à la mort, le diable fait tous ses efforts. »
« Un homme de paille vaut plus qu'une femme en or. »

C'était un calendrier dont on retire, chaque jour, une feuille – un éphéméride...

« Qui épouse une femme pour s'enrichir,
mange du sel pour se désaltérer. »
« Tous les hommes mariés et contents de l'être danseraient
sur le fond d'un verre. »

Sous le compteur à gaz, chaque jour passé devenait une boulette de papier froissé de la grosseur d'une bille... Chaque jour passé, rond comme un petit monde perdu, était ensuite jeté à la poubelle bleue près de l'évier. C'est ainsi !

« Toute pantoufle devient savate. »
« Toute rose, à la fin, devient gratte-cul. »

Sur chaque feuille du calendrier, on pouvait lire la date, le nom du saint à fêter et un dicton de l'amour normand...

« L'amour apprend aux ânes à danser. »

Les trois copains de Roméo l'avaient offert pour le mariage de Catherine et Joël. Darling arrachait des feuilles en lisant les dictons. Depuis la noce, deux semaines plus tôt, il n'avait pas été remis à jour. Mme Épine, ventre arrondi, était seule dans la maison de Lépieux-sur-Mer. Roméo, parti depuis lundi faire de la ramasse, ne reviendrait que jeudi soir. Darling aurait bien aimé, comme voyage de noces, retourner avec lui aux abattoirs de Hollande mais son mari n'a pas pensé que c'était une bonne idée.

« Si tu mènes ta femme à toutes les foires,
si tu affûtes ton couteau à tous les cailloux,
si tu fais boire ton cheval à toutes les rivières,
au bout de l'an, tu auras une rosse, une scie et une bougresse. »

Catherine n'avait rien dit...

« Femme muette n'est jamais battue. »

Lépieux-sur-Mer était un petit village morne en retrait dans les terres. Les belles maisons de bord de mer, entourées de pelouses, étaient occupées par des Parisiens deux mois par an et les week-ends. Alors le bourg replié sur lui-même, sauvage et craintif, semblait s'être reculé frileusement vers les champs.

Une rue principale qu'on appelait la grand-rue traversait Lépieux. Au numéro 8, l'étroite et haute maison des Épine, en crépi sable, étouffait entre deux bâtisses en granit, plus imposantes.

Au rez-de-chaussée, un volet en fer rouge bordeaux était toujours fermé afin que les rares passants ne voient pas l'intérieur de la maison. Juste à côté, la porte d'entrée grinçait sur une unique pièce. Un escalier, en face, filait aux chambres de l'étage. Un couloir menait à une véranda, puis à un jardinet étroit et long.

Au bout du jardin, sous un cognassier, une cabane débarras s'écroulait lentement près de la niche en ciment du chien.

Tout le jardin était en friche avec des planches, de longs tuyaux en plastique gris et puis des ronces. Contre un mur en brique, un vélo crevé s'éternisait. Une machine à laver, renversée et rouillée, espérait les Monstres près d'un rosier dégénéré qui fleurissait des gouttelettes rouges.

Sous la véranda explosée, d'énormes rouleaux de laine de verre, alignés droits comme des militaires, attendaient avec de sales bassines à plâtre. Il n'y avait plus de toit à cette véranda, juste l'armature qui avant le soutenait.

Au-dessus, deux fenêtres neuves à double vitrage s'ouvraient sur le jardinet. Seul l'étage de cette maison était à peu près habitable. Presque tous les travaux y avaient été refaits : les murs des deux chambres et de la salle de bains, recouverts de placoplâtre, étaient enduits et poncés. Il ne restait plus qu'à les peindre, poser la moquette et le carrelage, ce qui ne sera jamais fait...

Dans la chambre de Darling et Roméo, une panière débordait de linge sur une table à repasser près d'un fusil de chasse. Une porte neuve donnait accès à un autre escalier conduisant à un grenier aménageable – taudis éclairé par un chien-assis.

Le rez-de-chaussée était dans le même état de délabrement que le grenier. Des cloisons y avaient été abattues à la masse et les murs porteurs en conservaient les stigmates. Les anciennes poutres vermoulues avaient été remplacées par des poutrelles passées au minium. Il en pleuvait de longs câbles gris ou noirs, noués à mi-hauteur par des fils électriques.

Contre les murs, dont les papiers peints avaient été arrachés, montaient et descendaient des tuyaux de cuivre et les prises électriques étaient à nu.

Au centre de la pièce, une table ronde et quatre chaises en plastique blanc. Une couverture de laine outremer recouvrait l'assise crevée d'un fauteuil en osier. Sinon, partout, traînaient des radiateurs électriques sur roulettes cassées, des escabeaux tachés, des halogènes tordus et des cartons d'eau minérale emplis de victuailles.

Cette grande pièce était finalement assez sombre à cause du volet fermé donnant sur la rue. Mais côté jardinet, l'été, une autre fenêtre orientée plein sud éclairait le rez-de-chaussée d'un épais rayon jaune. Sous les vitres sales, un placard mural était posé à même le sol avec des cales. À droite, une machine à laver le linge jouxtait une cuisinière quatre feux et un four à micro-ondes (cadeau de mariage). À gauche, le robinet d'un évier gouttait sous le calendrier et le compteur à gaz.

– *On n'était pas très riches...*

Le propriétaire de cette maison l'avait cédée à Joël pour un loyer très modique en échange de quoi ce dernier s'était engagé à y faire tous les travaux nécessaires. Avec ses trois copains, Roméo avait commencé par le premier étage puis abandonné.

– Après tout, le propriétaire, je l'emmerde ! Laisse le volet fermé, qu'il ne voie pas comment c'est ici...

Darling avait fini de retirer la quinzaine de feuilles qui la séparait de la date de son mariage. Mais, par curiosité, elle souleva les jours à venir pour connaître par avance les dictons et conseils qui s'adresseraient aux maris normands tels que le sien.

« Une femme, une chèvre, une mule : trois méchantes bêtes. »
« L'eau gâte le vin ; la charrette, le chemin ;
la femme, l'homme. »
« Qui perd sa femme et quinze sous,
c'est grand dommage pour l'argent. »

Etc, etc.

« De l'âne, du noyer et de ta femme n'espère rien de bon
qu'un bâton à la main. »

Au moins, maintenant, Darling était tout à fait prévenue de la manière dont elle serait sans doute considérée ici. Unité de temps, unité de lieu, le décor était planté et le spectacle allait pouvoir commencer.

26.

– Les premiers ennuis sont apparus à la naissance de Kevin. Le pauvre bébé n'y était pour rien mais c'est à ce moment-là que Roméo s'est retrouvé au chômage.

– Ah bon, pourquoi ?

Dans les transports, tous les ans, les camions passent la visite des Mines. Et tous les cinq ans, les routiers, eux, sont astreints à une visite médicale. Pour le Dodge, tout s'est bien déroulé...

Les Mines avaient vérifié les lumières, les freins et le jeu de la direction. Elles avaient analysé les rotules, l'état des pneumatiques et contrôlé la barre de stabilisation... Tout allait bien à part une fuite du liquide lave-glace donc rien de grave. En revanche, pour Roméo, rien n'allait !

Tout d'un coup, on lui avait découvert du diabète, une tension élevée et des problèmes oculaires... Les réflexes étaient bizarres. Quant au test d'équilibre – sur une patte, les yeux fermés –, chaque fois Joël vacillait et manquait de tomber, accusant les talonnettes de ses santiags. On lui a demandé de les retirer. Ça n'a pas été mieux.

Mais surtout, les médecins, agréés par la préfecture pour les visites poids-lourds, ont cru à une erreur lorsqu'ils ont lu son taux d'alcoolémie. Grâce à une prise de sang, ils calculent le nombre de gammas par litre d'hémoglobine. Pour le renouvellement du permis poids lourds, il est indispensable d'en avoir moins de trente-trois. Roméo en avait cent soixante.

Il est revenu à Lépieux en disant à Catherine qui donnait la tétée à Kevin :

– Paraît que j'ai trop de gamins. Je vais commencer par tuer celui-là, ça en fera toujours un de moins...

Darling serra plus fort le bébé contre son sein. Roméo prenait ça à la rigolade :

– Les médecins, je les emmerde !

Mais il a moins ri le lendemain, lorsque son patron l'a viré. D'habitude, les routiers recalés aux visites médicales, les entreprises les gardent à quai pour les chargements et déchargements de camions. Mais là, son patron l'a foutu dehors, sans indemnités ni droit au chômage, pour faute professionnelle grave. Il l'a aussi dégradé en lui ordonnant de retirer du Dodge sa plaque de Q.R.Z.

– Alors, il s'en est pris après moi...

Tout du moins, au début, aux cadeaux de mariage... Le premier truc qu'il a foutu en l'air, ç'a été un service à calva. Et c'est dommage parce que Darling l'aimait bien – un petit tonneau en grès avec autour des petites tasses suspendues à des crochets. Darling trouvait ça original mais en ramassant les débris sur le sol, elle a dit :

– De toute façon, je m'en fiche, je ne bois pas d'alcool.

Alors Joël, en colère, a foutu la yaourtière en l'air :

– Moi, ce sont les yaourts que je ne mange pas !

Le lendemain soir, lorsque Darling a posé la soupière au centre de la table ronde, Roméo s'est aussitôt énervé :

– Mais, pas là ! Tu vois bien que c'est devant la télé !

– Mais où alors ? a demandé Catherine.

– Là ! a gueulé Joël, se levant et renversant, cul par-dessus tête, la table et la soupière. Tu me fais chier, je me casse !

Et il a claqué la porte derrière lui, c'était un samedi soir. Le bébé a pleuré. Un petit chien est sorti de sous le fauteuil en osier et s'est mis à laper la soupe sur le ciment parmi les débris de soupière.

– C'était un petit chien qui s'appelait Bavette et que j'aimais bien : un des cadeaux de mariage de Mme Clément à qui j'avais raconté l'histoire de Pompidou... Ce petit chien craignait Joël et se cachait quand il était là. Autrement, il était toujours dans mes pattes. C'est pour ça que je l'avais appelé « Bavette », comme les bavettes derrière les roues des camions qui protègent des projections d'eau et de boue...

Darling a consolé le bébé : « C'est pas grave, Kevin, c'est pas grave... » Puis elle est montée se coucher avec l'enfant dans ses bras. Bavette la suivait dans l'escalier, truffe frémissante entre les chevilles. Darling s'est retournée.

– Non, Bavette, tu sais bien... Joël ne veut pas que tu dormes dans la chambre.

Le petit chien a penché la tête et regardé Catherine. Il était blanc à poils ras avec des reflets gris bleuté et un gros derrière disgracieux sur quatre pattes maigres. Il avait de grandes oreilles de renard et, quand il hurlait à la mort, il faisait :

– Huu...

Corniaud inoffensif. Il remua la queue en regardant Darling d'un air roublard et suppliant.

– Bon, si tu veux parce qu'il n'est pas là... Mais c'est la dernière fois ! Déjà qu'il est énervé à cause du chômage...

Darling a couché Kevin dans son couffin sur la table à repasser, puis elle s'est glissée sous les draps. Le petit chien a fait de même, se lovant contre le ventre nu et distendu de Catherine qui s'était tournée sur un côté.

Tard dans la nuit, Joël, passablement torché, est entré dans la chambre et a reniflé l'air. Il a soulevé le drap au-dessus de Darling.

– Qu'est-ce qu'il fout là, lui ?

– T'étais pas là, alors...

– Dehors le cabot ! À la niche, le chien !

Puis à coups de santiag dans Bavette qui couinait, il lui a fait descendre tout l'escalier et l'a chassé dans le jardin. Il est remonté se coucher. Malgré le double vitrage de la chambre, Joël et Catherine entendaient Bavette hurler à la mort dans le jardin :

– Huu...

Roméo s'est alors levé et a pris le fusil de chasse. Il a ouvert la fenêtre qui se trouvait de son côté du lit... Le petit chien content, regardant son maître à l'étage, remuait la queue et aboyait en bas. Roméo a tiré.

Il a aussi ri aux éclats lorsque la bête est retombée d'aplomb après une cabriole inattendue et drôle. Puis il s'est recouché. Darling, de l'autre côté, les yeux grands ouverts, regardait le mur...

Elle a attendu assez longtemps dans les ronflements éthyliques de son mari, puis est descendue ramasser le petit chien assassiné dans le jardin.

Au rez-de-chaussée, à côté de la table renversée, parmi les débris de soupière et la soupe sur le ciment qu'elle nettoierait demain, elle s'est assise près de la fenêtre dans le fauteuil en osier. Enveloppée dans la couverture de laine outremer, Darling, baignée de lune, ressemblait à une pietà. Elle s'endormit, le petit chien martyr dans les bras. Au matin, il était dur et froid.

Darling fut réveillée par Roméo. En jean et torse nu, pâle et beau, il descendait l'escalier avec Kevin qui avait faim et criait dans ses mains.

– Qu'est-ce que je fais de lui ? Je le mets au four ?

Et il a glissé le bébé dans le micro-ondes dont il a refermé la porte. Il a aussi levé la main vers un des boutons de cuisson... Darling a lâché Bavette sur le ciment et couru reprendre l'enfant, le plaquant aussitôt à son sein. Roméo a rigolé.

– T'as cru que j'allais le faire, hein ?

– Mais est-ce que tu es devenu con ?

– Ah, ne me parle jamais comme ça !

La main de Joël est partie en arrière... Darling était presque nue sur le ciment avec Kevin qui la tétait sous le plaid. « Madone au sein nu » s'est fait gifler à toute volée dans un craquement de vertèbres...

27.

Un autre jour, en petit chapeau con à fleurs d'oranger artificielles et robe de mariée nettoyée, elle était sur le palier... Darling y tournoyait comme un astre, alors le bas de sa robe s'envolait. Catherine tournait comme un derviche car elle avait une bonne nouvelle à annoncer à Joël... C'est pour cette raison-là qu'elle avait tenu à revêtir l'habit de cérémonie nuptiale un jour de semaine (mardi).

Puis, poule blanche, dans un battement d'ailes sèches – froissement de satin et taffetas –, elle est allée repasser dans la chambre les premiers langes de Kevin qui maintenant avait un peu plus d'un an.

L'enfant jouait dans le jardin près de sa cachette préférée : la niche du chien. Il jouait gentiment avec des débris de verre et des clous provenant de la véranda. Mais, dix-huit-heures trente, Roméo arriva plein de vin d'Algérie et de sournoiserie dissimulée.

– Daarliiing ! J'ai une bonne nouvelle pour toi !..

Il avait la voix claire des arrière-pensées. Darling ne s'est pas méfiée.

– Normalement, tu devrais être contente, chéériiie...

– Moi aussi, j'ai une bonne nouvelle pour toi! entendit-il chantonner à l'étage.

Roméo grimpa l'escalier et découvrit sa femme en robe de mariée.

– Ben, qu'est-ce que tu fous encore là-dedans?

– T'as vu? Je l'ai emmenée au pressing. On ne voit plus les taches de vin..., dit Darling en soulevant la voilette. Qui, de nous deux, annonce en premier sa bonne nouvelle? demanda-t-elle ensuite.

– Toi.

– Que penses-tu de Tom?

– Connais pas. C'est qui, celui-là?

– Ton fils qui naîtra en janvier prochain. Tu aimes ce prénom?

Roméo changea de visage.

– Tu plaisantes, j'espère...

– Non? Tu n'aimes pas? Tu trouves que ça fait trop américain peut-être? s'inquiéta Darling en posant le fer sur son support, au bout de la table à repasser.

– Ah, ne me dis pas que tu es encore en cloque, connasse? gronda Joël.

– Ben si, pourquoi?

– Alors tu vas gicler ça de ton ventre vite fait...

– Ben non, pourquoi? C'est la nature...

– La nature, je l'emmerde! Et depuis quand tu prends des décisions sans d'abord m'en parler, toi, hein?

En disant cela, Roméo s'était emparé du fer à repasser et son bras partit en arrière... Darling eut le sentiment d'avoir déjà vécu cette scène-là. Lorsque le bras revint en courbe, elle se prit le fer en pleine tête sur le côté gauche au-dessus de l'oreille. Le chapeau bascula. Les cheveux roux roussirent davantage et devinrent crépus dans une odeur de cochon grillé. Darling en tomba sur le lit.

– Je vais te faire avorter, moi !

Roméo réarma son bras utilisant le Calor réglé sur « Coton » à 150°, comme un coup de poing américain. Puis celui-ci, dans une longue vapeur de pattemouille, fila telle une droite pour aller s'écraser en pleine face de Darling. Le cordon du fer, en bout de course, arracha la prise électrique du mur. Catherine eut juste le temps de rouler sur le lit et de partir en courant pour fuir la chambre. Mais Roméo lança son pied droit et lui fit un croc-en-jambe. Sa femme s'écrasa à plat sur le palier. Bondissant, Joël shoota dans les fesses de Darling qui se relevait puis, à coups de fer à repasser, il lui tapa sur les doigts afin qu'elle cesse de se retenir à la rampe. Et il l'a jetée dans l'escalier...

Comme une pierre dégringole une pente, la tête de Catherine tapa contre les barreaux de la rampe, le mur et les marches. Roméo, tel un fauve, l'attendait déjà en bas et lui tira un penalty en plein visage. Lâché, libéré et en joie, il l'a ensuite défoncée à coups de santiag au hasard du ventre, des membres et des clavicules. Puis, à genoux par-dessus elle, il tentait de l'étrangler avec le cordon du Calor lorsque Kevin apparut.

– Barre-toi, toi ! lui lança Joël.

Darling se retourna, voulant aussi inciter son fils à fuir :

– Va-t'en, Kevin ! Va-t'en vite dans ta cachette...

– Quelle cachette, hein ? demanda Roméo. Ah mais, on m'en dissimule des choses, ici, dis donc ! Des nains à naître, des cachettes... Il va falloir que je remette de l'ordre dans tout ça, moi. Et qu'on sache enfin qui est le maître !

Kevin s'éclipsa dans la niche du chien au bout du jardin. Roméo, lui, des volutes de satin blanc plein les mains, déchiquetait la robe de mariée de sa femme pour la lui retirer entièrement.

– C'était bien la peine de l'avoir mise au pressing...

Tout le corps hurlant de Darling bondissait dans tous les sens parmi les côtes brisées, les dents cassées, les doigts écrasés, les ecchymoses, les saignements, la cloque de brûlure à la tête et les clavicules démises... Elle était un envol de bras, de jambes. On aurait dit que Roméo déplumait une poule vivante. Puis il la laissa là en tas et fila dans le jardin, chapeau et robe en loque à la main.

Bidon d'essence, allumette comme un rire de Georges qui avait effectivement prévenu, la tenue d'apparat devint un incendie immédiat !

Des morceaux de voilette, en flammes crépitantes, montaient haut dans le ciel et s'effondraient ensuite en lentes cendres blanches. Roméo traversa à nouveau le rez-de-chaussée, claqua la porte d'entrée derrière lui et la D.S. bleue démarra.

Kevin sortit de la niche en reniflant et s'approcha du feu. Il n'y avait presque plus de flammes mais des quantités de cendres tombaient encore lentes.

Darling, au rez-de-chaussée, gisait dans une mare de sang, à plat ventre sur le ciment, inerte comme victime d'un ouragan.

Kevin, tout enneigé des cendres blanches de la robe de mariée de sa mère, vint s'asseoir sur les fesses de Darling comme sur un petit banc. Et il resta là longtemps, les pieds joints dans le sang, se demandant bien qui allait lui donner à manger ce soir.

Darling, elle, se demanda ce que pouvait bien être, au fait, la bonne nouvelle de Roméo...

Puis elle s'évanouit, une serviette de toilette sur et dans sa bouche pleine de dents cassées et d'espoir broyé.

28.

La bonne nouvelle de Roméo était qu'il avait décidé que sa femme et lui deviendraient paysagistes à leur compte.

– Je me suis toujours demandé s'il n'avait pas choisi ce métier exprès pour me faire chier.

Il était passé à la banque demander si elle consentirait à leur faire un prêt afin d'acheter du matériel (tondeuse, tronçonneuse, petit tracteur, pelles et râteaux). La banque avait accepté. En première caution, Joël avait donné le nom de sa femme.

– La vache! J'ai été bien emmerdée avec ça plus tard...

Lorsqu'il est retourné à la banque avec Catherine, pour qu'elle signe les contrats du crédit, celle-ci portait des lunettes noires afin de cacher les aurores boréales de ses yeux tuméfiés. Le banquier ne s'en est pas formalisé car on était en été. En revanche, il fut surpris par la singulière brûlure à la tête de Darling en forme de semelle de Calor.

– C'est parce qu'elle a voulu se gratter pendant qu'elle repassait. Elle est con, hein ? justifia Joël.

Le banquier fut étonné aussi de voir Darling signer le contrat avec des moufles en juillet.

– Elle a peur d'attraper un coup de soleil sur les doigts. La peau des rousses est fragile. Pas vrai, chérie ? lui dit Joël en lui donnant un coup de coude dans les côtes.

– Hou ! répondit Darling.

– Tiens, qu'est-ce que je disais ! surenchérit Joël.

Le contrat signé, elle ne serra pas la main du banquier à cause de ses doigts dissimulés, bandés, écrasés et brûlés.

– Au refoir, monfieur..., dit juste Darling, à qui il ne restait plus que quatre dents intactes sur le devant de la bouche.

Et elle quitta le Crédit Agricole, au bras de son mari, en boitant et agitant en l'air une moufle rose.

L'idée de Roméo, il faut bien le reconnaître, n'était pas sotte. Il avait remarqué que tous les week-ends, du printemps à l'automne, les pelouses des résidences en bord de mer étaient vrombissantes de tondeuses tel un essaim d'abeilles, gênaient tout le monde et créaient des problèmes de voisinage.

Alors il s'était dit qu'on pouvait proposer des entretiens à l'année, tailler des haies, élaborer des bordures fleuries et tondre les pelouses, la semaine... Et qu'ainsi les week-ends des Parisiens seraient plus tranquilles.

Avec l'argent du Crédit Agricole, ils avaient donc aussi fait imprimer des prospectus et trouvé rapidement quelques clients. Puis d'autres sont venus par le bouche à oreille. Roméo était ravi, Darling moins.

Souvent, en blouse laide, les manches remontées et une bêche à la main, elle avait du chagrin en regardant son routier maintenant assis sur une tondeuse autoportée. Surtout qu'en plus, il ne se faisait pas chier, Roméo... Pendant qu'il conduisait la tondeuse et plantait les fleurs... qu'il faisait le joli cœur auprès des Parisiennes en vacances en leur montrant ses muscles et en leur proposant des sorties en boîte de nuit, Darling, elle, enceinte de Tom et en nage, labourait, taillait les haies et s'écorchait les bras aux ronces. Elle préparait les terrains que Roméo venait ensuite seulement ensemencer de pelouse.

– *Je faisais tout ce qui était dur et lui, il plantait les graines. J'étais devenue pile ce que je ne voulais surtout pas devenir : une paysante !*

Et tout ça au milieu des fleurs, de l'horreur pour Darling. L'été surtout, elle se sentait mal, envahie par l'odeur écœurante des pollens et des pétales – lavande, chèvrefeuille et glycine à vomir... Durant toute sa vie de femme mariée, elle attendit avec impatience l'hiver : la seule saison qu'elle comprenait, celle qui se repose des fleurs.

– *Je n'aime pas les parfums non plus. Ça pue.*

29.

Malgré le repassage de Darling en début de grossesse, Tom est né.

– Dix ans plus tard, le pauvre Tommy n'a pas l'air de trouver que ç'a été une bonne idée mais enfin, c'est fait...

Le couple Épine, à cette époque-là, aurait dû vivre une embellie et avoir un peu d'argent car ils travaillaient tous deux (surtout Darling qui s'occupait aussi de la comptabilité, des enfants, de la cuisine et du ménage). Épuisée, le soir, elle se couchait tôt. Pour Roméo, la vie semblait plus festive. Il sortait avec ses copains, allait au café, en boîte de nuit et avait des quantités de maîtresses.

– Il faut dire qu'il était beau, mon mari...

Il dilapidait aussi l'argent du ménage au poker.

– Mais comme il jouait bourré, la plupart du temps, il perdait. Les autres joueurs le prenaient pour un pigeon. Alors ça l'énervait et quand il rentrait, il s'en prenait après moi, me tabassait, surtout si je refusais de lui donner, pour qu'il se refasse, l'argent prévu à rembourser les mensualités du crédit.

– La banque, je l'emmerde ! File les thunes ou je te claque la gueule.

– Alors moi, je cédais... J'avais peur qu'il s'en prenne aux enfants. Saoul, il aurait fait n'importe quoi.

– Il l'a fait, ça ?

– Non, quand même pas. Pas à cette époque-là... Plus tard, oui, mais ç'a été une autre histoire et je n'ai pas envie d'en parler tout de suite... Je pense qu'au bout du compte, il devait être aussi humilié et malheureux que moi. Et surtout il était faible et subissait trop l'influence nuisible de ses trois copains.

– Ils étaient comment ceux-là ?

– C'était des mytiliculteurs célibataires qui travaillaient au noir. Ils achetaient des essaims de moules et les plantaient en mer sur des pieux. Mais surtout, c'était des javateurs. Ils m'insultaient devant Joël qui ne disait rien, m'appelaient « La grosse » ou bien « Bouboule » parce que j'ai toujours été costaude. Mon mari entrait dans leur jeu. Il disait que si on me jetait du haut d'un escalier, je roulais toute seule jusqu'en bas. Qu'il le savait

parce qu'il avait essayé une fois... On était barré dans une spirale de folie qu'on ne maîtrisait plus du tout, ni lui ni moi, et tout devenait absolument n'importe quoi !

Une nuit, Roméo et ses trois copains sont arrivés ivres à la maison de Lépieux-sur-Mer... D.S. bleue garée en travers, ils se sont ensuite installés autour de la table ronde du rez-de-chaussée soi-disant pour boire un dernier verre. Darling, depuis longtemps, était montée se coucher. Kevin et Tommy dormaient dans la chambre à côté.

– Un petit poker ? Une partie de deux heures ! a proposé Pascal. Allez !..

– Sans moi ! avait répondu Joël. Je n'ai plus de fric, là, les gars.

– Ce n'est pas forcément grave, ça..., avaient souri en chœur les amis de Roméo qui semblaient s'être concertés avant.

– Joue ta femme, proposa Pascal.

– Si tu gagnes, tu ramasses l'argent..., continua Laurent.

– Et si tu perds, on l'encule ! conclut Patrick.

Joël les regarda se demandant s'ils bluffaient puis il dit :

– Distribuez les cartes.

Deux heures plus tard, Roméo et ses trois copains ouvraient en silence la porte de la chambre où dormait Darling...

30.

Ils ont peloté son sang, se sont vautrés sur ses hanches. Ils étaient livrés au délire et Darling poussait des reins, des cris. De l'autre côté du mur du jardin, le firmament des lumières de bateaux s'écoulait sur la mer comme une blennorragie...

Roméo, assis à califourchon sur la tête de sa femme, la maintenait genoux sur les épaules. Ses trois copains avaient soulevé la chemise de nuit. Et à tour de rôle, pendant que deux, chacun d'un côté, lui tenaient une jambe, le troisième la pénétrait dans des limites nacrées.

Ils jouaient à « Quatre qui la tiennent, trois qui l'enculent » ! Darling à plat ventre, la tête tournée vers le mur, sous les fesses de son mari se débattait, couinait, hurlait.

– Oui, fais la truie, continue ! Fais la truie, tu nous excites, chantaient les trois copains.

Encore Naïma... « Darling Large-White » pendait à leurs ventres, sanglante comme une bête fantastique. Spermes lâchés en ses palais roses !

Ils l'ont frappée, rouée de coups, baisée encore et

sodomisée une partie de la nuit. Ils s'échauffaient d'un vocabulaire brûlant et ignoble. Elle roulait dans leurs mots comme dans une sueur. Ils la martyrisaient et s'enfonçaient en elle comme des clous. Épine assis sur sa tête comme une couronne, Darling était au piège d'une ronce...

Puis, couilles vidées et queues fumantes, ils lui ont pissé et chié dessus dans des rires d'apoplexie, mari compris... L'ont laissée là dans les draps du drame, comme un ange mort à la renverse.

Et tout a repris alors, la tremblante immobilité des peintures de batailles.

– *Quand je repense à ma vie, parfois j'ai le vertige... Et j'allais vivre pire.*

– *Impossible !*

– *J'allais vivre pire.*

31.

Le lendemain matin, Darling était muette et assommée. Le trou du cul en étoile de shérif, elle avait aussi du mal à marcher...

– *Ben, hé !*

Alors elle était assise près de la machine à laver. Un couteau de cuisine – désosseur – entre ses mains qui tremblaient, elle semblait prête à égorger le premier qui aurait voulu l'effleurer. Elle regardait aussi, à travers le hublot, tournoyer la lessive et les draps de l'horreur. Elle voyait s'agiter, se tourmenter dans la mousse, la voilure du désespoir...

Contre le tambour de la machine, le doseur à lessive en plastique vert tapait régulièrement. Kevin, deux ans, sous l'escalier, tapait lui à la porte de la cave comme sur la peau d'une caisse claire.

– Papa, papa, ouvre ! Je veux prendre mon ballon !

La clé était trop haute pour l'enfant et le verrou, fermé de l'intérieur. Alors il est venu voir sa mère.

– Maman, mon ballon est dans la cave mais papa, il veut pas m'ouvrir la porte pour que je le reprenne...

– Ah ? Je vais aller te le chercher.

Voûtée comme une vieille femme, le désosseur toujours dans les mains, Darling se dirigea jusqu'à la porte de la cave avec peine. Elle tourna la clé du verrou et dit à son fils :

– Reste là. Il n'y a pas de lumière. Tu pourrais te faire mal dans l'escalier. Je vais te le remonter.

Elle descendit les marches de pierre en se retenant à la rampe et découvrit en bas, seulement éclairé par le soupirail, son mari pendu à la canalisation d'eau...

Comme elle avait son grand couteau à la main, machinalement, sans y penser, elle trancha la corde et Joël tomba sur la chaise qu'il avait renversée du talon de ses santiags. Il respirait encore...

– Pourquoi j'ai coupé la corde ? Alors là, j'en sais rien. J'avais le couteau. Il était pendu. Alors... Il y a des fois, moi, je fais de ces bêtises. Je ne sais pas, toi...

– Il t'a remerciée ?

– Il m'a dit que j'aurais dû le laisser. Je lui ai dit qu'il fallait vivre quand même. Il m'a répondu : « La vie, je l'emmerde. »

Darling regarde par la fenêtre ouverte du studio où elle habite maintenant en banlieue parisienne. De son septième étage, on voit les H.L.M. et la zone pavillonnaire de La Garenne-Colombes... Un petit train passe au loin comme un jouet.

– Et c'est vrai que je n'aurais jamais dû couper cette corde. Je l'ai regretté et le regrette encore ! Je dis ça maintenant parce que je suis devenue dure, mais à l'époque...

Darling est remontée, soutenant Roméo du bras droit. Sous l'aisselle gauche, elle avait le ballon de Kevin et, à la main, le couteau de cuisine. L'enfant content est allé jouer dans le jardin... Au rez-de-chaussée, Roméo s'est affalé sur le ciment contre un radiateur déglingué. Darling est retournée s'asseoir (très précautionneusement) près de la machine à laver qui essorait. Chacun à une extrémité de leur taudis, ils étaient dans un état de lendemain de cuite.

– Je ne les reverrai plus..., a dit Joël. Je ne les reverrai plus, a-t-il promis.

– Promesse d'ivrogne...

En étendant les draps à nouveau immaculés sur un fil dans le jardin... En disposant des pinces à linge tout du long... Darling cherchait des solutions.

Sous le ciel amorphe et blanc, les draps étaient comme deux voiles dans une panne de vent. Darling les scruta pour voir s'ils avaient gardé dans la mémoire de leurs fibres quelques traces suspectes de la nuit passée. Mais non, rien, tout semblait propre.

– Ont-ils déjà oublié ? Alors une lessive, et puis ça y est ?

Elle rêva un instant de bonheurs d'îles sous la douche qui la désinfecterait ainsi jusqu'au fond de l'âme. Mais le jardin autour d'elle lui sembla mou et donnait le mal de mer. Les métaux étaient ternes et les planches si poreuses et vermoulues que Darling aurait pu passer ses doigts au travers. Il n'y avait nulle part, dans cet enclos minable, une lueur d'espoir à laquelle s'accrocher, un éclat de lumière pour se retenir...

Sauf, quand même, le ballon de Kevin ! Comme une force de vie... Un ballon violet avec des étoiles jaunes – un ballon de clown étincelant comme un éclat de rire d'enfant ! Kevin shoota dedans. La balle fila dans les draps, se mêla à eux en torche et les tacha.

– Oh pardon, maman !

Darling contempla les draps à relaver, finalement émue que ça leur revienne.

– C'est pas grave, c'est pas grave. Ils en ont vu d'autres...

À l'étage, Tommy braillait. Il allait falloir le laver, le changer, le nourrir... Plus des parcelles de prairie tout à l'heure à aller retourner. Ensuite, ce serait le ménage, le repassage, des repas à préparer et sans doute avoir peur toute la nuit...

– Je n'y arrive plus..., expira Darling.

Elle eut alors envie de dormir ou bien mourir... Ça lui vint comme une bouffée étourdissante, lui fit l'effet d'un kif... Elle en tituba quelques minutes, raide de rêveries confuses... Mais parce qu'il faut quand même que les choses se fassent à la campagne... Et que Darling a cette force particulière de bête... Panière sous le bras, en revenant par la véranda détruite, elle dit à son mari :

– Ce qu'il faudrait, c'est qu'au moins les mois où l'herbe pousse, on engage une fille au pair. En l'hébergeant, la nourrissant, on n'aurait pas à la payer cher. Elle dormirait dans la chambre à côté de la nôtre, s'occuperait du ménage, des enfants. Et déjà, ça irait mieux nous deux... Peut-être.

– Oui..., a soufflé Roméo.

– Ça semblait être une bonne idée... D'autant plus que, très vite, j'ai appris que j'étais une troisième fois enceinte.

– De qui ?

32.

La veille d'accoucher, revenant du travail et longeant les belles maisons en bord de mer, dans la D.S. bleue, Darling dit à Roméo :

– Je n'aime pas l'enfant que je porte. Après celui-là, je me ferai ligaturer les trompes.

C'était la première fois qu'elle affirmait quelque chose à son mari sans lui demander son avis. Et ça a été une fille !

– Merde, a dit Roméo quand il l'a appris.

– Moi, je n'ai rien dit. J'en avais rien à faire. Je n'aimais pas cet enfant... Océane, pour moi, c'était deux kilos de sucre parce que c'était son poids pile, à la naissance. Tu prenais deux kilos de sucre et t'avais une gosse dans les bras... J'aurais préféré accoucher de deux kilos de sucre.

On l'avait mise en couveuse parce qu'elle avait je ne sais quel problème et moi, je ne voulais pas me lever pour aller la voir. Je disais que j'avais de la fièvre ! C'est ce que je disais aux docteurs : « Je ne peux pas aller la voir, sinon je vais lui donner mes microbes. » *Moi, j'étais sûre que j'étais malade. Ils m'ont refait des tas d'analyses et des examens puis, au bout d'un mois, m'ont foutue dehors en disant que je n'avais rien...*

À la maison, pendant mon hospitalisation, la fille au pair s'était occupée des enfants. C'est moi qui l'avais choisie. Georgette Gislard que tout le monde appelait Cynthia, je n'ai jamais su pourquoi...

Roméo avait dit à ses trois copains qu'on cherchait une fille au pair...

– Je croyais qu'il ne devait plus les revoir, lui...

– Et ceux-là lui avaient conseillé une nana qu'ils connaissaient : une prostituée normande qui avait passé son adolescence ici et travaillait maintenant à Paris, sur les boulevards extérieurs, principalement avec des routiers... Mais il fallait qu'elle quitte la capitale car elle avait des ennuis, là-bas. Joël m'a demandé si j'étais d'accord pour qu'on l'engage. C'était la première fois qu'il me demandait mon avis. Comme je savais, moi aussi, ce que c'était que d'avoir des ennuis et qu'elle aimait comme moi les routiers, je me suis dit que ça allait nous lier et j'ai répondu oui...

– Hou, là, là, Darling... Attends ! Sur les conseils des trois fameux copains, t'as engagé une pute comme fille au pair dans la maison de ton mari ?

– Oui. Eh bien, tu sais quoi, Jean ? Tu ne devineras jamais... En moins de deux, elle est devenue sa maîtresse !

– Non ? Alors ça, c'est inouï.

Et j'éclate de rire.

– Ben, pourquoi tu ris ? s'énerve Darling.

– Sans vouloir te charger, t'as quand même tendance à les accumuler, toi...

– Accumuler quoi ?

– Les conneries ! Comment t'as su qu'ils étaient amants ?

Ce n'était pas difficile de savoir qu'ils l'étaient. Ils ne se cachaient pas. Ils baisaient devant Darling et les enfants.

Cynthia, déjà en semaine, ce n'était pas une matinale. Mais le week-end, alors, elle descendait très tard... Elle descendait, le peignoir ouvert qui donne des idées aux hommes. Elle laissait deviner à la racine des cheveux un secret relatif que l'ouverture du peignoir confirmait. Le mari de Darling, alors, prenait la décolorée dans l'escalier...

La première fois, un samedi matin, Catherine, en faisant elle-même la vaisselle négligée durant la semaine, entendit leurs râles particuliers.

Il y avait un grand miroir cassé, contre le mur, près de la porte d'entrée. Alors Darling, les mains dans l'eau de vaisselle, se retourna et vit dans le reflet du miroir son mari et la fille au pair qui baisaient dans l'escalier.

Catherine n'y croyait pas. Elle trouvait ça irréel et pensait que c'était dû à la fièvre ou à une erreur du miroir.

– Les enfants non plus ne savaient pas sur quel pied danser. La nana, ils l'appelaient tata et voyaient que tata couchait avec papa donc...

– Ah, parce qu'elle dormait aussi avec lui ?

– Oui, ils dormaient ensemble et moi, avec ma fille au grenier. Ah ouais, vraiment, ç'a été la galère. Et je me faisais tabasser par eux deux, devant les enfants, parce que je refusais qu'on couche tous les trois ensemble.

– Elle était d'accord, elle, Georgette ?

– Ah ouais, elle, ça la faisait marrer. Mais moi, je ne voulais pas, alors ils me battaient. Et c'est à ce moment-là que j'ai commencé à prendre des cachets et des gélules. Ça a duré trois ans, ce cirque-là...

– Mais pourquoi si longtemps ?

– Je ne sais pas. Et puis, avec les gélules, plus rien n'avait d'importance. J'en avais toujours des boîtes entières dans les poches de ma blouse. Les jours où ça n'allait vraiment pas, j'en avalais tout le temps comme des bonbons, quelquefois trente ! Ces jours-là, je finissais par tomber en faisant le ménage ou en étendant le linge. Ils faisaient venir des médecins pour me faire des lavements afin que je dégueule tout...

– Alors tu veux dire : des lavages d'estomac ?

– Peut-être... Je ne me rappelle pas les noms.

– Et la réaction des enfants dans ces moments-là, tu t'en souviens ?

– Non, je ne m'en souviens plus parce que j'étais dans le cirage. Je ne me rappelle même pas avoir vu les enfants, ces jours-là.

– Ils avaient quel âge ?

– Ça a duré jusqu'à ce que Kevin ait six ans... Tommy, cinq et Océane, trois.

Cynthia était une femme peinte de lait, maquillée comme ce qu'elle était.

– Toujours habillée court avec des décolletés, le contraire de moi.

Roméo en était fier et la présentait comme sa femme. De Darling, il disait que c'était la bonniche.

– D'un monstre, j'étais passé à deux.

Ils arrivaient souvent ensemble comme des rémouleurs, avec des ciseaux aiguisés plein les oreilles de Darling. Et la battaient, la torturaient parce que quelque chose n'avait pas été.

– J'étais devenue leur esclave. Moi, je sais ce qu'ont vécu les esclaves comme on voit dans les films, sur les bateaux, là, les Noirs ! J'étais devenue ça ! Ils m'en ont fait, ils m'en ont fait... Tu sais, je t'en dis beaucoup mais si je te disais tout !

Sous le ciel sans pitié des jours calamiteux, Darling travaillait plus qu'une bête de somme. Et si une jupe de Cynthia n'était pas assez bien repassée, avait un faux pli, à la figure, celle-ci lui crachait :

– Ce qu'il te faudrait à toi, et alors tu verrais, c'est un maquereau !

– Un poisson ?

– Quand leurs femmes se font méchantes, ils leur procurent des amants !

Ils voulaient encore faire violer Darling, la menaçaient. Ils en riaient en partant ensemble des week-ends entiers.

Darling avait trouvé dans une poubelle de Parisiens, en bord de mer, une tente de camping un peu moisie dans son emballage. Au grenier, elle avait dressé la canadienne et son double toit. Pour la fixer, elle avait planté des clous dans le plancher. Et c'est là, qu'après avoir tiré la fermeture Éclair, pour se protéger des courants d'air, des trous du toit, elle dormait avec sa fille.

Lorsque couchée, et souvent blessée, elle entendait trop les rires de Cynthia et Roméo, avec ses paumes elle bouchait les oreilles d'Océane et se disait que lorsque son sang à elle aurait plu sa dernière églantine, ce serait fini et elle serait bien débarrassée...

– Mais pourquoi tu n'es pas allée te plaindre au commissariat, n'as jamais fui cette maison de fous avec tes enfants ?

– Quand je menaçais Roméo de le faire, il me répondait qu'à ce moment-là il nous retrouverait et les tuerait tous les trois. « Moi aussi ! », je le suppliais. « Non, pas toi... », qu'il me répondait « Pour que ce soit pire... », riait-il.

Quant à se plaindre des violences physiques, je l'aurais bien fait mais n'avais plus mal. Les coups ne me faisaient plus rien. Je ne sais pas comment te dire ça mais je ne sentais plus rien... Ils auraient pu, tous les deux, me tuer à coups de poing que je m'en serais foutue. Alors, se plaindre de quoi, hein ?

Cynthia et Roméo, un soir où ils étaient fâchés après Darling, lui ont chacun mis dans la bouche et le sexe, le goulot d'un flacon d'eau de Javel et lui ont dit ensemble :

– Si tu es encore désobéissante, la prochaine fois ce sera sans les bouchons...

– Que faisais-tu le soir, quand ils étaient partis et que les enfants étaient couchés. Tu regardais la télé ? Tu lisais ?

– Non, je ne regardais pas trop la télé. Un peu les chanteurs mais sinon...

– Tu lisais ?

– Oui, les annonces de décès dans le journal.

– Ah bon ?

– J'achetais beaucoup Ouest-France *mais pour voir les décès. C'était mon obsession, ça, les décès. Encore aujourd'hui, quand j'achète un journal, le premier truc que je lis, c'est les décès.*

– Mais pourquoi ? Ça annonce la mort de gens que tu ne connaissais pas.

– Ici, oui, mais là-bas, non ! Quand tu achètes Ouest-France, *tu prends l'édition du coin où tu habites... Donc, là où vivent et meurent les gens que tu connais et moi, j'adorais ça.*

– Et autrement, des romans, tu en as lu ?

– Heu non, pas spécialement...

– Même pas un ?

– Heu non, pas spécialement... J'ai lu des camions entiers, plein, mais jamais de livres.

– Le premier roman que tu vas lire, c'est celui-ci, qui raconte ta vie ?

– Oui.

– Tu vas voir, c'est l'histoire d'une fille. Elle en chie drôlement...

– Puisque c'est un roman, est-ce que tu pourrais me faire belle ?

33.

Un dimanche après-midi de septembre 92, Cynthia et Roméo sont revenus de la foire de Lessay avec un poulet vivant qu'ils avaient gagné à un stand de tir. Ils l'ont donné à Catherine et lui ont dit :

– Prépare-nous ça pour ce soir.

Darling, comme le faisait sa mère, de la pointe d'un canif, a ouvert le palais du poulet. Elle était encore dans les vapes, sous l'influence des gélules, et avait mis une lessiveuse d'eau à bouillir. Puis, dans le jardin, elle a plongé le poulet dans l'eau bouillante et commencé à le plumer.

Ensuite, elle l'a huilé et mis au four en oubliant de le vider...

Deux heures plus tard, à table, lorsque Darling a servi la volaille, Roméo a entrepris de la découper et ce fut une infection. De ses deux mains, il a ouvert la carcasse et dit :

– Mais qu'elle est conne, celle-là !

– Vas-y, Jean. Donne-lui raison, là encore ! Surtout ne te gêne pas... Continue à dire que je les accumule si ça t'amuse.

Étant donné le fumet de la volaille, ce fut sitôt un grand scandale et il fut décidé que Darling serait punie.

Les enfants couchés, Cynthia se pencha à l'oreille de Roméo pour lui dire un secret. L'idée devait être bonne car aussitôt il se leva et attrapa sa femme, prit une corde et la ligota.

Les mains liées dans le dos, elle fut conduite au jardin et tous ses vêtements furent arrachés. Nue, on la fit ensuite s'agenouiller comme une suppliciée. Docile et stupide, Darling se laissa faire...

Pendant ce temps, Cynthia était allée chercher dans la boîte à couture un lot d'épingles. Puis elle recueillit dans la lessiveuse d'eau refroidie quelques poignées de grandes plumes. Elle glissa les épingles jusqu'à leur tête, dans les tuyaux, entre les barbes latérales et les barbules. Puis elle planta pas mal de plumes détrempées dans les fesses de Darling. Très vite, le cul de Catherine ressembla à celui d'un paon malade faisant la roue. Roméo, lui, avait ramassé des cailloux de taille moyenne...

– Allez maintenant, fais la poule, lui dit-il, que ça t'apprenne un peu... Fais « cot-codette »...

Darling leva sa tête vers lui et le regarda implorant pitié, les yeux embués de larmes couleur de fatigue et de honte...

– Fais cot-codette !

– Cot-codette..., murmura Darling.

– Plus fort ! Et puis ponds.

Il cracha sur ses doigts et lui glissa des cailloux dans le cul, lui écorchant l'anus.

– Allez, ponds ! Ponds les cailloux comme si c'était des œufs !

Un petit peu de sang coula de Darling.

– Alors tu ponds ?

– Non...

– Ponds !

Et il lui donna des coups de pied dans la figure, les côtes et les seins. Derrière, Cynthia riait et la shootait aussi.

– Ponds, fais cot-codette !

Alors Darling se mit à crier dans la nuit : « Cot-cot-codette ! » Elle cria de plus en plus fort, tout en essayant de chier les cailloux mais elle n'y arrivait pas. Cot-cot-codette ! Les voisins n'ont pas bougé (pas entendu ?), en tout cas aucune lumière ne s'est allumée autour de la maison des Épine. Darling, sous les coups de son mari et de la fille au pair, arrivait au bout de sa nuit, elle le savait. Elle savait que maintenant, tout allait être irrémédiable ! Alors elle cria pour en finir, à s'en éclater les poumons. Elle se lâcha dans la nuit profonde de la barbarie normande :

– Cot-cot-codette !

À genoux, le menton contre sa poitrine secouée de larmes, le cul en l'air garni de plumes, cot-cot-codette...

À un moment, elle a relevé le paradis carié de sa gueule et vu, à la fenêtre de la cuisine, ses trois enfants qui la regardaient... Je répète la fin de cette phrase pour qu'on la comprenne bien : « et vu, à la fenêtre de la cuisine, ses trois enfants qui la regardaient ! » Ils regardaient leur mère, nue et à genoux dans le jardin, faisant la poule et essayant de chier des cailloux. Les enfants ont vu ça. Cela fit à Darling l'effet d'un flash.

Découvrant aussi ses enfants, Roméo, soudain gêné, trancha la corde qui ligotait les mains de leur mère et Darling tomba comme morte.

– Le regard de mes enfants... Je t'avais dit que j'avais vécu pire.

– Alors là, effectivement... Le coup de la poule, c'est le pompon.

34.

Darling était nue, blême et hallucinée dans la D.S. bleue... Elle avait volé le double des clés de son mari et fui la maison dans la nuit... Tous ses vêtements propres ou sales étant à l'étage et ceux du jour, en lambeaux dans le jardin, elle avait rampé jusqu'à la D.S. et fui, déshabillée, ne voulant alerter personne (Cynthia et Roméo étaient montés se coucher).

Elle roula quatre-vingts kilomètres, comme une idée fixe, vers celui qui l'avait fait naître et mariée aussi... Elle retournait vers le docteur Coligny comme vers un sourcier.

Au bord de la route qu'éclairaient les phares de la D.S., les branches des arbres se dressaient sur son passage comme des doigts de mains noires qui auraient voulu la retenir... Sur la place vide d'Heurleville, elle sonna, nue, à la porte de l'officier d'état civil et dut attendre un peu que celui-ci se lève et s'habille. Lorsqu'il ouvrit, il regarda longuement ce corps médico-légal de jeune femme dévastée, comme elle avait vieilli et l'état de ses yeux, l'absence de ses dents.

– Mais que t'est-il arrivé ? Qui t'a fait ça ? Ils étaient combien ?

– J'ai été victime d'une sorcellerie, monsieur le maire. C'est la faute à Joséphine Degueulinel. Il faudrait la brûler...

Et elle lui tomba dans les bras. Le médecin la traîna par les aisselles et l'allongea sur son canapé.

– Raconte-moi. Où tu as mal ?

– Partout, depuis toujours...

– De toute façon, tes frères et toi, vous tous, êtes nés dans la merde, ma pauvre Catherine...

– Darling ! docteur... Darling..., s'est évanouie Catherine.

Le médecin la retourna délicatement sur le ventre, figure au bord du canapé, de peur qu'elle rende et s'étouffe dans son vomi.

C'est alors qu'il découvrit sur ses fesses une constellation d'étoiles – des quantités de petits points brillants en relief. Il prit une pince à épiler et lui retira tous ces soleils lointains. C'étaient des têtes d'épingles encore enfoncées comme des épines d'oursins. Il y avait aussi quelques plumes.

– Mais par où es-tu passée, poupée de sorcellerie ?

Le docteur Coligny était devenu un vieux monsieur doux et tranquille. Veuf et élégant, il portait au menton un bouc finement taillé, poivre et sel, plutôt sel. Parfumé Caron, il sentait bon...

– Je ne trouve pas, moi.

– Tu préférais l'odeur de ta chambre de jeune fille ?

– Ah oui.

Darling, dans son délire, dans son sommeil, le reniflait en grimaçant, lui parlait à voix basse et l'interrogeait. Était-elle consciente ou non de ce qu'elle disait ?

– Ah pourquoi, docteur, vous ne m'avez pas mis un coton d'éther sur le visage à la naissance ? Ou cogné le crâne contre l'angle d'un mur, comme on fait aux petits chats dont on sait par avance que personne n'en voudra ?

Le maire d'Heurleville téléphona à un de ses amis, radiologue.

– Je sais qu'il est deux heures du matin mais j'aimerais vous amener maintenant une jeune femme. Pouvez-vous la radiographier entièrement ? Oui, tous les endroits du corps... On s'appellera demain pour les résultats.

De retour chez lui avec Darling, vers sept heures, alors qu'Heurleville commençait à s'animer et que l'ancienne boulangerie des Clément venait d'ouvrir, le médecin coucha à nouveau la jeune femme sur son canapé. Il la recouvrit de sa propre robe de chambre et lui redemanda :

– Qui t'a fait ça ?

Le maire revenait à la charge comme la... sur la plage. Cela rappelait à Darling son père interrogeant Suzanne à propos des coups de Joseph.

– Est-ce ton mari qui t'a peint les seins en bleu ? Dis-moi le nom du monstre.

– Roméo.

– Pauvre petite, tu délires... Pourquoi pas Tarzan ou Zorro ?.. Je vais t'emmener à Saint-Lô pour qu'on te soigne et prévenir la gendarmerie.

– Non, je ne veux pas aller à l'hôpital ni qu'on prévienne la police ou mes parents... Au fait, comment vont-ils ?

– Ça va à peu près. Ta mère s'est calmée avec le poteau. Mais ton père, l'année dernière, a eu un accident sur un champ de foire. Un taureau, d'un coup de pied, l'a jeté contre une barrière, lui a éclaté un testicule et brisé des vertèbres. Il porte maintenant un corset et est en préretraite. Je crois que ça leur ferait quand même plaisir si t'allais les voir, un jour... Tu sais comme les paysans ont du mal à exprimer leurs sentiments, comme ça les rend maladroits mais. .

– Mh... Je passerai...

– Moi, ce matin, il faut que j'aille à la mairie, dit le médecin. J'ai aussi rendez-vous à la préfecture. Reste là et repose-toi en attendant cet après-midi et les résultats des radios. C'est ensuite qu'on prendra une décision. Tiens, je t'ai acheté le journal.

Le docteur Coligny est parti se lissant la barbichette. Que devait-il faire ? Il hésitait entre secret médical et non-assistance à personne en danger...

Catherine, elle, a dormi une partie de la matinée. Lorsqu'elle s'est réveillée, assise sur le canapé, elle a regardé *Ouest-France*. D'abord, bien sûr, la page des décès... Elle a ensuite distraitement feuilleté le reste, passé les pages politiques, société, sports et cours du bétail sans les lire. Elle s'est arrêtée sur les petites annonces : locations, ventes, échanges... Tiens, emplois. Demandes, offres !

Elle y a passé un peu de temps puis a regardé autour d'elle, cherchant un stylo. N'en voyant pas, elle arracha la page et la plia en quatre, en huit...

Lorsque le docteur Coligny est revenu chez lui, Catherine n'était plus là et la robe de chambre avait disparu.

Darling, une première fois, est passée lentement devant chez ses parents à bord de la D.S. turquoise. Puis, le bras à la portière, en robe de chambre du docteur, elle a fait demi-tour un peu plus loin.

Elle est repassée, dans l'autre sens, une seconde fois. Sur le petit panneau indiquant le lieu-dit, le « A » déchiqueté à l'arrière d'un camion autrichien, recouvrait toujours le premier « E » de Barberie. Darling trouvait maintenant que c'était exagéré. Par exemple, Lépieux-sur-Mer, ce fut pire.

Le poteau-Joseph n'était plus habillé que d'un haillon de chemise qui pendait, pourri de pluie. Tout en haut, un fil blanc, retenant un débris de baudruche verte, ballottait entortillé autour d'un fil de téléphone. Sans doute que Suzanne avait épuisé son stock de chagrin et d'habits de son fils...

Catherine née Nicolle, de l'autre côté de la nationale, s'arrêta face à la maison de ses parents mais garda le pied sur l'embrayage. La bétaillère, toujours à la même place, était devenue une épave. Portes arrière ouvertes, quelques poules picoraient sur la tôle dans des débris de paille. La colombe de l'auvent n'avait pas été remplacée. Le chat en céramique blanche ne menaçait plus rien... La maison était silencieuse. Pas de son de radio ou de télé ni de lumière aux fenêtres.

Pourtant les parents devaient être là car une R.5 était garée près d'un pignon. Mais Darling releva le pied de l'embrayage... Paysanne elle-même, elle n'aurait pas su comment aller leur dire « Bonjour, me revoilà. Papa, maman, j'ai beaucoup souffert. Aidez-moi ». La voiture avança souplement, comme à regret, puis s'arrêta devant La Clergerie. Darling mit les warnings.

Vincent Blandamour était encore assis sur la tonne à lisier et il avait toujours ses trois mille litres de merde sous le cul. Était-il là depuis six ans ?

De hautes herbes, des pousses de noisetiers et des ronces garnies de mûres avaient envahi le tracteur qui lui, visiblement, depuis le mariage de Darling, n'avait plus bougé du bord de la nationale. Les ronces avaient tourné autour des phares et du volant. Des branches de noisetiers s'étaient infiltrées dans le moteur. Des oiseaux avaient crevé le cuir du siège et picoré sa garniture intérieure pour aller élaborer des nids, plus loin, vers les essieux du véhicule agricole. Tout le tracteur était mangé de rouille et sa peinture s'écaillait en feuilles d'automne. À cause de la porosité, les pneus des immenses roues s'étaient avachis et Guignol, lui-même, n'allait pas très fort.

Pendant deux ans, ici, il a attendu Darling puis peu à peu, depuis quatre ans, elle était avec lui... Il la voyait partout dans la forme des nuages. Le bruissement des feuillages était sa voix. L'été, elle riait... Il en était persuadé. Elle pleurait en automne, dormait l'hiver. Au printemps, elle s'étirait. Tous les matins, il disait aux arbres, aux nuages, au goudron de la nationale et à la tonne à lisier : « Bonjour, chérie. »

Les rippeurs de camions de laitiers, en passant, constataient :

– Ça va pas mieux, lui.

Darling était tellement en Guignol, tellement partout, que lorsqu'elle s'est arrêtée à sa hauteur, il ne l'a pas vue. Les deux bras pendants et une paupière abattue, sa barbe avait poussé et il était d'une beauté christique. Darling baissa la vitre électrique du côté passager et se pencha.

– Ça va, Vincent ?

Il a tourné son œil valide vers la voix, a regardé Catherine mais ne la voyait pas...

– Vincent ? Tu me reconnais ? C'est Darling !

Darling ? C'est alors qu'il s'anima. Ses bras à nouveau ondulèrent. Son buste et sa tête se redressèrent. Il découvrit la jeune femme, victime d'une hallucination. Ses lèvres tremblèrent. Il se mit à parler. Ce fut une litanie :

– Je-te-prends-ta-bouche-et-les-seins, te-fourre-la-langue-et-la-queue-entre-les-nichons...

Darling ouvrit de grands yeux.

– Je-te-bouffe-la-chatte-et-te-baise, te-bourre-jusqu'aux-couilles, t'éjacule-à-la-figure, dans-les-yeux, les-oreilles. Je veux que tu sois sourde de mon sperme...

Il disait ces choses-là comme on récite un poème, fait une prière. Darling n'en revenait pas.

– Suce-ma-bite !

Lui, d'habitude si discret, si effacé, si « taiseux » comme on dit ici, où avait-il appris ces mots-là ?

– Je-te-pisse-sur-le-ventre-et-te-pète-dans-les-yeux.

On aurait dit un enfant de maternelle répétant en désordre des gros mots qu'il ne comprenait pas.

Mais d'où lui venaient de tels propos ? Était-ce le ciel-marionnettiste qui, devenu fou, emmêlait les fils ?..

En fait, c'est parce que depuis six ans, toutes les nuits, Guignol avait espéré le retour de Darling sur la C.B. Mais comme elle n'était jamais là, il n'entendait que les blagues, les injures sexuelles et les grossièretés pornographiques que les routiers lâchent souvent aux filles en C.B. fixe.

Peu à peu, à l'écoute des camionneurs, Vincent s'était dit que c'était peut-être là le genre de phrases qu'aimait entendre Darling. Alors il s'y était collé... Avait appris phonétiquement la langue de ses héros.

– Ah, - sac - à - bite, - je - te - défonce - par - tous - les - trous...

Il dit d'autres choses que je n'ose répéter ici. Il disait n'importe quoi et c'était tout à fait hors contexte.

– Est - ce - que - tu - aimes - ça, salope ? Dis - moi - si - tu-aimes-ça ? Et-des-comme-ça, t'en-as-déjà-vu-des-comme-ça ?

Il délirait, des sanglots plein la gorge et la voix... À chaque injure, il fallait entendre : « Je t'aime, je t'aime à en mourir. Je souffre tant. Aime-moi ! » Il était absolument pathétique mais à « je-te-chie-dans-le-cul,-conasse ! », Darling enclencha la première et fuit, effarée... Tous les hommes, à son contact, devenaient-ils donc tarés ?

Il est évident que, comme déclaration, c'était maladroit. Il aurait été plus habile mais sans doute aussi inutile de simplement lui dire : « Veux-tu enfin vivre avec moi ? »

– Cela n'aurait servi à rien. J'aurais remué la tête comme un petit chien sur une plage arrière en répondant « Non ».

– Tu fais chier aussi, Darling !

– C'est comme ça.

La D.S. partie, Vincent redevint comme avant. Fragile et poétique. Marionnette oubliée sur une tonne à lisier...

Vaincu, stupide, au moins il aura tout essayé. C'est alors qu'on entendit un autre claquement. La deuxième paupière de Guignol s'était abattue. Un autre fil du ciel avait rompu...

Et, plus jamais Vincent ne vit le monde. Il ne perçut plus que la lumière rose des jours ensoleillés à travers ses paupières baissées. L'impromptu retour de Darling lui avait fait péter les plombs et claqué aussi une partie du cerveau. Ce que c'est que l'amour, ses malentendus, ses contradictions tout ça !

Chez le docteur Coligny, le téléphone sonna. C'était son ami radiologue :

– Je vous appelle à propos de la jeune femme que vous m'avez amenée ce matin. Elle est mal en point. Que lui est-il arrivé ?

– Je crois que c'est la vie conjugale.

– Vous verrez vous-même les radios. On dirait qu'elle est passée dans un broyeur. Ce n'est plus une femme à l'intérieur, c'est du steak haché. Elle a aussi des traumatismes crâniens, des occlusions et des hémorragies internes. Elle va faire des infections. Plusieurs côtes sont brisées et d'autres l'ont déjà été. Il faut l'emmener à l'hôpital et prévenir la police.

– Elle a fui.

– Elle n'ira pas loin. Ah, autre chose... Elle a aussi des cailloux dans le cul.

– Vous voulez dire : des calculs dans les reins...

– Non, non. Des cailloux dans le cul.

35.

Lorsque Darling est retournée à Lépieux, la porte de la maison était entrouverte. Ça tombait bien puisqu'elle était partie sans clé.

Son mari écroulé sur le fauteuil en osier près de la fenêtre de la cuisine, un pastis à la main, regardait béatement ses trois enfants jouer dans le jardin.

Con comme un glaçon dans un verre vide à qui il manque son alcool, il était dans un état rappelant à Darling le lendemain de son viol. N'ayant rien mangé depuis la veille, elle prit une pomme qu'elle alla croquer dans le jardin. Ses trois petits ont couru vers elle et se sont jetés dans ses jambes.

– Maman !.. Mais t'étais où ? demanda Kevin.

– Partie voir tes poussins ? voulut savoir Océane.

– Quels poussins ? Mais c'est vous, mes poussins, mes chéris ! s'agenouilla Darling.

– Non mais, les poussins des œufs que tu ponds la nuit dans le jardin avec papa et tata..., dit Tommy, le plus sensible des trois.

– Tata ? Elle est où, elle, au fait ?

– Elle est pas là.

Darling retourna dans la cuisine.

– Elle est où, l'autre ?

– Elle s'est barrée. Elle avait peur que tu sois allée à la gendarmerie. Alors comme elle a déjà eu pas mal d'ennuis à Paris, elle est partie et ne reviendra plus.

– C'est ça qui te rend con comme un glaçon ?

– Oui.

Le lendemain, le mardi matin, c'était jour de rentrée scolaire et Darling fit comme si de rien n'était. Elle prépara les enfants, leurs chocolats chauds puis les emmena à l'école. Elle les inscrit puis leur dit : « Au revoir, travaillez bien mes chéris. Que je sois toujours fière de vous. » Kevin entrait en primaire... Tommy, en dernière année de maternelle et pour Océane, c'était le premier jour d'école...

– Au moment où j'allais faire ce que j'allais faire, je ne pensais pas que j'allais le faire... Bon, ça m'avait traîné dans la tête tout le week-end mais je ne m'en sentais pas capable. Je dis ça mais j'avais quand même dans la poche de mon manteau le contrôlographe de Roméo – disque mouchard de routier qu'il avait un jour tenté de trafiquer.

Et puis j'ai dit : « Bon, les enfants, je reviendrai vous chercher ce soir à quatre heures et demie. » Ils m'ont dit au revoir. Ils m'ont dit : « Maman, à ce soir » avec quelques pleurs pour Océane parce que la première journée, c'est difficile, et puis aussi pour Tommy parce que lui, il a toujours été si...

À travers les grilles de la cour, j'ai vu Kevin prendre sa petite sœur par la main et l'emmener vers les classes. Tommy se retournait souvent vers moi et me lançait des baisers.

Je les ai regardés. Je les ai regardés à m'en déchirer les yeux puis je me suis retournée et ne les ai plus revus ensemble pendant six ans !

Il y a un silence dans le studio de La Garenne-Colombes, puis Darling répond à des commentaires que je ne fais pas :

– Hein ? C'est monstrueux ? Oui, c'est monstrueux... Tu peux le dire aussi, va. Tout le monde le pense, même moi... Je repartais pour rentrer à la maison lorsque tout d'un coup je me suis dit : « Mais qu'est-ce que je vais aller foutre là-bas ? Les gosses sont à l'école. Et puis, je vais encore le revoir, lui, et tout va recommencer. » Enfin, il y a pas mal de trucs qu'ont cogité. Alors j'ai dit : « Je ne rentre pas. Je ne bouge plus. Je m'en vais. J'en ai marre. Je pars. » Et j'avais rien sur moi, juste un billet de deux cents francs. J'avais pas pris d'affaires, j'avais rien. Et je suis partie !

Au bord de la départementale D 514, Darling en robe et manteau gris, leva un bras agitant son contrôlographe... Tendre un mouchard au bord d'une route signifie aux routiers qu'on est de la famille et a besoin d'aide alors tous, s'arrêtent.

Darling monta à bord d'un véhicule de chantier qu'on appelle camion-toupie. C'est-à-dire qu'il avait une énorme bétonnière penchée qui tournait derrière la cabine. Darling, dans le rétroviseur, voyait tournoyer cet immense cœur de fer. De gros tuyaux en plastique strié, bleus ou rouges, ressemblaient à des artères et des veines comme on les représente dans les livres de sciences naturelles.

Le bras à la portière, elle entendait aussi battre le cœur monstrueux qui charriait son hémoglobine de chantier : ciment, flotte et graviers. Cela lui rappela qu'elle-même avait toujours ses cailloux dans le cul. Elle quittait les vingt-six premières années de sa vie, emportant un peu de son pays en elle... Plus tard, ça la rendrait malade et la conduirait à l'hôpital.

Le camion la laissa à la gare de Pont-l'Évêque. Elle s'était souvenue de ce que lui avait dit Chantal le soir de son mariage :

– Viens nous voir, ça nous fera plaisir. Viens aussi si tu avais besoin d'aide. On sera toujours là pour toi. La boulangerie est en face de la gare.

Darling voulut traverser l'avenue mais elle hésita. Finalement, elle demanda de la monnaie au kiosque à journaux et d'une cabine téléphonique, appela d'abord les renseignements puis Mme Clément :

– Madame Clément, c'est Catherine...

À la façon dont elle s'était annoncée, Chantal ne lui demanda pas comment ça allait.

– Je quitte mon mari. Il était trop violent... J'abandonne le domicile conjugal. Est-ce que vous pourriez m'héberger une ou deux nuits ? Ensuite, j'irai à Paris car je crois que j'ai trouvé une place, là-bas.

– Tu as combien d'enfants ?

– Trois.

– Venez tous les quatre. On s'arrangera.

– Non, je voudrais venir toute seule.

– Ben, et tes enfants alors ?

– Ils sont à l'école. Je pars sans eux. Je peux venir ?

Il y eut un silence au bout de la ligne.

– Pas sans tes enfants, Catherine... N'abandonne pas tes enfants, ma belle...

– Mais, madame, si vous saviez ce que m'a fait leur père... Je peux venir ?

– Non, Catherine. Je ne t'hébergerai jamais sans tes enfants.

– Mais madame Clément, vous m'aviez dit...

– Non, Catherine. Pas ça... Tu ne peux pas me demander ça à moi...

Alors Darling raccrocha en larmes et prit le train.

– *Sans billet. J'ai eu deux P.V. de la S.N.C.F.*

– *Pourquoi deux ?*

– *Il y avait un changement.*

– *Ah, merde !*

36.

À La Barberie, Suzanne aux cheveux de paraffine stérilisait des bocaux pour préparer des conserves... Près d'elle, Georges, dans son fauteuil, un coussin fleuri maintenant son dos démoli, lisait *Ouest-France* :

– Tiens, ta fille est en prison.

– Ah bon, comment tu sais ça ?

– C'est dans le journal. Pour non-paiement de pension alimentaire...

– Elle a combien d'enfants ?

– Ils ne le disent pas dans le journal.

Alors Suzanne sortit traire les vaches et ne reparla plus jamais de ça.

En branlant les pis roses, à l'insu de son mari, juste quelques larmes coulèrent de ses yeux dans le bouillonnement du lait. Georges mono testicule, dans son fauteuil ridicule, repensa à sa vie, sa femme, ses fils, son dos maintenant corseté comme celui d'un travelo... Il pensa aussi à sa couille éclatée, sa fille en prison et préféra en rire :

– Pep, fww...

Tous victimes !

divers
Paul Delalaine, 39 ans, sans domicile connu, est condamné à deux mois de prison pour destruction, d'un bien appartenant à autrui en état de récidive légale.

Denis Ladune, 47 ans, sans domicile fixe, est condamné à quinze jours de prison pour outrage à agent de la fonction publique dans l'exercice de ses fonctions et défaut de carnet de circulation.

Catherine Nicolle, 32 ans, sans domicile connu, est condamnée à un mois de prison pour non paiement de pension alimentaire.

– En fait, c'est à deux mois de prison que j'ai été condamnée mais avec sursis. On m'a aussi collé trois ans de mise à l'épreuve... Des gens, dont le métier est la justice ont pensé que j'avais besoin d'être encore mise à l'épreuve...

Des hommes et des femmes habillés en oiseaux, dans des envols de manches sous les lambris d'or, l'ont méprisée vers le coin des moulures. Ces corbeaux d'assises ont lâché sur elle des fientes aériennes de papier bleu venant de très haut. Ils l'ont toute tachée de décisions de justice.

– Ils m'ont bien emmerdée, oui...

Pendant qu'elle était en galère à Paris, son mari avait réclamé le divorce et comme elle n'était pas venue se défendre, il fut prononcé à ses torts exclusifs. Le tribunal a également décidé qu'elle devrait payer à Joël une pension alimentaire de quatre cents francs par mois et par enfant.

– Pourquoi tu n'es pas venue te défendre, n'as pas raconté ta vie de femme mariée au tribunal ?

– Ils ne m'auraient pas crue... Et puis, sinon, j'avais peur de les entendre me dire que pour avoir reçu tant de coups si longtemps, je devais finalement aimer ça... J'avais honte.

Le Crédit Agricole lui est aussi tombé dessus et l'a également conduite vers les tribunaux parce que le couple Épine n'avait jamais remboursé l'argent prêté.

– Et c'est à moi seule qu'ils ont réclamé les quatre-vingt-douze mille balles puisque mon mari, ne voulant rien payer, a rappelé que j'avais été désignée comme première caution...

À cette époque-là, je m'habillais de vêtements du Secours catholique et j'étais bonniche dans une maison de retraite. Nourrie, logée, pour trois mille balles par mois, je faisais tout, le ménage, etc. Et tous les matins, les soirs, je torchais le cul de trente vieillards.

Mille deux cents francs par mois pour les gosses plus deux mille pour la banque, fais le calcul... En travaillant comme une dingue douze heures par jour et sans dépenser un seul centime, à la fin de chaque mois, il me manquait encore deux cents francs pour rembourser ce que je devais. Alors on m'a condamnée comme une voleuse.

– Incroyable...

– Ce n'est pas incroyable du tout ! Qu'est-ce que tu crois, toi ? Des filles comme moi, le siècle en a plein ses tiroirs !

De l'enfer des prétoires, Darling glissa ensuite vers le paradis blanc d'une chambre d'hôpital. Elle fut opérée d'une occlusion intestinale avec empoisonnement du sang (les cailloux !). Des varices comme des autoroutes de cartes routières lui saignèrent miraculeusement aux jambes. Elle eut une phlébite, une embolie pulmonaire. Elle tombait de partout. Elle eut un cancer aux ovaires.

– Depuis, je ne suis plus tout à fait une femme...

– Au moins, tu ne saloperas plus les murs de ta chambre avec les doigts...

– Ce n'est pas gentil de me dire ça.

Comme elle était très souvent à l'hôpital, ils durent se séparer d'elle, à la maison de retraite.

– Comment tu l'avais trouvée, cette place ?

– Par la petite annonce que j'avais lue dans Ouest-France *chez le docteur Coligny.*

– Pourquoi était-elle dans un journal normand, cette annonce pour un emploi à Paris ?

– Dans ce genre d'établissements, comme bonnes, ils ne veulent que des Bretonnes ou des

Normandes parce qu'elles sont plus résistantes que les autres. La Parisienne est trop fragile – elle pleure tout de suite – et dans les autres régions de France, elles ne tiennent pas le coup non plus. Tandis que la Bretonne ou la Normande est rude à la tâche et au mal... Ça a la réputation d'être increvable, ces bêtes-là. Mais quand même, pour moi, c'était trop. Surtout qu'en plus c'est à ce moment-là qu'on m'a avertie des nouvelles très graves conneries de mon ex-mari...

37.

TRIBUNAL POUR ENFANTS

<u>Juge</u> : *Jeanine Beausire*
<u>Affaire</u> : *À 014/ 0038 (assistance éducative)*
<u>N° parquet</u> :

ORDONNANCE AUX FINS DE PLACEMENT PROVISOIRE

Nous, *Jeanine Beausire*, Juge des Enfants au Tribunal de Grande Instance ;

Vu les dispositions des articles 375 et suivants du Code Civil et des articles 1181 et suivants du code de Procédure Civile relatifs à l'assistance éducative ;

Vu l'article 2 de l'ordonnance 58-1301 relative à la protection de l'enfance en danger ;

Vu la procédure suivie à l'égard de :

-**EPINE Océane**

Née de Joël EPINE et de Catherine NICOLLE

Domicile du père : 8, grand rue
LEPIEUX-SUR-MER (14)

Domicile de la mère : , Rue Cambronne
75015 PARIS

Après avoir entendu M. EPINE, Mme NICOLLE, OCÉANE, ainsi que M. LEPIGEON représentant le service de l'A.S.E. et Mme CROULEBOIS représentant le C.A.E. en leurs explications à notre audience,

Attendu qu'il y a lieu de prendre, avant qu'il soit statué par jugement, des mesures de garde ; qu'il y a urgence étant donné les révélations de la mineure... (Révélations à propos desquelles les explications du père furent confuses et contradictoires.)

Il ressort des éléments transmis par le Centre d'Action Éducative et du service de l'A.S.E., qu'une enquête pénale est actuellement en cours au sujet des révélations et suspicions, que le comportement d'Océane s'il s'est apaisé récemment était très agité à son arrivée au Foyer de l'Enfance, que Mme NICOLLE n'est pas, à ce jour en capacité de prendre en charge sa fille et lui assurer protection, elle-même ayant quitté la Normandie pour se protéger de M. EPINE.

Il convient donc, en l'état, de confier Océane au service de l'Aide Sociale à l'Enfance, pour garantir sa protection et mettre en œuvre la prise en charge adaptée nécessaire (soutien psychologique).

PAR CES MOTIFS

Ordonnons que la mineure Océane EPINE soit confiée au :

SERVICE DE L'AIDE SOCIALE À L'ENFANCE

Ordonnons l'exécution immédiate de la présente ordonnance, au besoin avec le recours de la force publique.

Fait en notre cabinet

Jeanine Beausire,
Juge des enfants

Océane, cinq ans, venait donc de filer à la D.D.A.S.S. elle aussi... Elle aussi, car ses deux frères Kevin et Tommy y étaient déjà depuis un an.

Après le départ de Darling, Roméo 1.4. s'était mis au chômage et, devenu Rmiste, il avait continué à bosser un peu au black.

Les enfants, il ne s'en occupait pas tellement. Souvent, ils manquaient l'école car Joël préférait les emmener devant le Prisunic de la ville d'à côté. Et là, ils mendiaient pendant que leur père buvait dans un café l'argent qu'ils récoltaient et celui de la pension alimentaire versée par Darling.

Roméo les ramenait ensuite chez lui, le soir, dans sa D.S. Et là, un sachet de soupe en poudre dans un bol d'eau bouillante et au lit !

Au lit, faut voir... Car, par exemple, si les deux garçons avaient fait chier dans la journée (n'avaient pas gagné assez d'argent), c'est dans la niche du chien qu'ils dormaient, une chaîne autour du cou.

L'absence de Darling avait bien sûr sonné les trois

petits mais surtout Tommy... Il s'était mis à baver, devenait épileptique, et les nuits de niche – chien enragé – il s'en prenait à son frère dont il voulait manger les oreilles.

Les jours où les enfants allaient quand même en classe, les instituteurs et la directrice avaient remarqué le comportement inquiétant des garçons, des signes flagrants de malnutrition et de souffrance, les traces de chaîne autour de leur gorge et l'état des oreilles de Kevin.

Alors la directrice avait alerté les services d'aide sociale à l'enfance. Les voisins, eux, fatigués d'entendre les garçons aboyer et se battre la nuit, chacun au bout d'une chaîne dans le jardin, avaient de leur côté prévenu la gendarmerie.

Un médecin et une enquêtrice ont fait un bilan psychologique de Kevin et Tommy, soulignant leur instabilité psychique importante ainsi que leur position régressive et l'énurésie galopante à tous deux (ils pissaient partout en levant une patte) ! Au vu des traces de chaîne, la garde des garçons fut aussitôt retirée au père et ils furent placés dans deux D.D.A.S.S. différentes car Kevin craignait aussi son petit frère.

Les garçons sont donc partis mais pas Océane. Elle, on l'avait laissée à Joël puisqu'elle n'avait pas de traces de chaîne. Et pour cause...

Le soir, le père saoul prenait sa petite fille par la main et lui disait : « Viens... » Il l'emmenait vers des cieux contre nature, des étages qui n'étaient pas de son âge... Vers autre chose que des rêves « Barbie ».

Devant Océane, une ombre s'allongeait et se redressait sur un des murs de la chambre de Roméo :

– Joue avec cette poupée. C'est une poupée... Et mets-la dans ta bouche. Tu verras comme elle est douce.

– Comment ça s'est su, ça ?

– Un jour, Océane l'a dit à sa maîtresse de maternelle.

– Papa, la nuit, il m'embête...

Révélations, suspicions... L'institutrice a eu des étourdissements en prévenant la police. Interrogatoire mais démentis du père... La garde d'Océane fut quand même retirée à Joël.

– Pourquoi il n'est pas en prison ?

– Ils n'ont pas dû trouver de corde pour l'attacher. Quand je pense qu'un matin, moi, j'en ai tranché une, que j'ai sauvé ça de la mort...

Océane a passé trois ans à la D.D.A.S.S. Kevin et Tommy y sont encore aujourd'hui.

38.

Darling, qui a passé son existence dans la merde et sous les coups, ses deux premières adresses hors Normandie furent rue Cambronne et rue Mandal. Mot de Cambronne, mandales...

– *Il y a des destins comme ça...*

Ensuite, elle a trouvé une place à La Garenne-Colombes. Elle travailla dans une boulangerie et commença à faire les démarches pour tenter de récupérer ses petits. Alors Jeanine Beausire, la juge du tribunal pour enfants, ordonna une enquête.

SERVICE SOCIAL DE L'ENFANCE

R.G. : 63/24
S.S.E. : U 12 526

À la suite de l'ordonnance de Madame Beausire, Juge des Enfants au Tribunal de Grande Instance; nous avons été saisis d'une enquête sociale « aux fins de recueillir tous renseignements utiles sur les conditions morales et matérielles de l'existence de Madame Nicolle, comme aux fins de faire toutes propositions utiles sur les modalités d'exercice de son droit de visite et d'hébergement ».

EPINE / NICOLLE

L'enquête sociale a été effectuée par Madame G. Falaise, éducatrice spécialisée au Service Social de l'Enfance.

Adresse de la mère :

Madame Catherine Nicolle
, avenue Fleming
92250-La-Garenne-Colombes

SITUATION DE MADAME NICOLLE :

Emploi : Vendeuse en Boulangerie-Pâtisserie. Horaires : 7h-13 h 30 ; 15h-20h ; fermeture : mercredi.

Ressources : Salaire : 6 579 F brut
Selon Convention Collective de la Boulangerie-Pâtisserie

Dépenses : Loyer : 343 F (prélevés directement sur le salaire).

Dettes : 92 000 F de remboursement d'un emprunt contracté par le couple.

Domicile : Madame NICOLLE vit seule dans un logement de fonction : une pièce refaite à neuf avec douche-toilette. La mère utilise pour la cuisine, les installations de la boulangerie.

Elle ne dispose que d'un canapé et ne pourrait donc accueillir pour l'instant (elle le reconnaît elle-même) qu'un seul enfant à la fois.

ENTRETIEN AVEC MADAME NICOLLE :

Madame NICOLLE ne pouvant, compte tenu de ses horaires de travail, se déplacer jusqu'au Service Social, nous l'avons rencontrée directement chez elle pendant sa pause du début d'après-midi. Elle a commencé par nous demander si cela nous dérangerait dorénavant de l'appeler « DARLING ». (?)

Ensuite, elle évoque ses années de mariage comme des années de grande souffrance physique et morale. La mère estime qu'elle a dû apprendre ces années-là à se passer du superflu, ce qui ne l'a pas encouragée à entretenir sa féminité.

La seconde difficulté est liée au problème d'éthylisme de Monsieur EPINE, qui a engrangé sur elle quantité de violences et de tortures dont les enfants ont été souvent témoins lorsque son mari était sous l'emprise de l'alcool.

Toutefois, aujourd'hui encore, elle pense qu'au départ ce n'était pas un méchant homme, mais qu'il était faible et s'est laissé manipuler par ses trois copains puis par son amie, Mademoiselle GISLARD.

Madame NICOLLE explique que cette dernière a été accueillie comme jeune fille au pair mais qu'elle s'est « davantage occupée du père que des enfants... »

Aussi la mère n'admet plus que le divorce ait été prononcé à ses torts exclusifs.

Elle estime aussi indigne la « rapacité » du père à propos de la pension alimentaire surtout quand on sait maintenant comment il traitait les enfants et ce qu'il faisait de l'argent...

Madame NICOLLE évoque les difficultés auxquelles elle a été confrontée depuis son départ du domicile conjugal : problème pour trouver un emploi et un logement, hospitalisations, période où elle s'est trouvée sans domicile fixe.

Ayant l'idée qu'il allait lui falloir « refaire sa vie à zéro », la mère a donc laissé les enfants, encore petits, à leur père, ne pouvant les entraîner avec elle « dans une telle galère ».

Madame NICOLLE a tiré un trait sur toute vie privée, s'investissant dans le travail afin d'accéder à son plus cher désir : être en mesure de reprendre ses enfants.

À l'heure actuelle, elle n'a que des contacts téléphoniques avec KEVIN, son aîné (8 ans) : il lui parle de ses activités et ils s'amusent à « celui des deux qui calcule le plus vite ».

Elle redoute en revanche beaucoup l'avenir de TOM (6 ans) : des trois enfants, le plus meurtri par l'éloignement de la mère. Mineur devenu extrêmement violent (épilepsie, graves troubles psychiques)

Mais c'est la garde d'Océane qu'elle réclame en priorité. Celle-ci ayant vécu un « martyr » qu'elle même a connu avec son mari, nous dit-elle, il lui semble qu'elle pourrait l'aider à surmonter.

Elle aimerait aussi se retrouver en vacances avec ses trois enfants. Elle n'est pas opposée à ce que cela se passe dans un Centre d'Accueil.

Le reste de l'année, l'éloignement rend problématique toute visite le mercredi, seule journée dont elle dispose.

ANALYSE ET CONCLUSION :

Madame NICOLLE est encore sous le choc du prononcé du divorce à ses torts exclusifs, et elle regrette aujourd'hui de ne pas s'être défendue.

Il nous semble certain que les difficultés morales et matérielles auxquelles elle a dû s'affronter depuis son départ du domicile conjugal (travail - logement - santé) et auxquelles elle se heurte encore maintenant (dettes - condamnation) ont singulièrement entravé sa combativité.

Elle n'a bénéficié d'aucun soutien ou n'a su en solliciter.

Si un certain fatalisme, une certaine résignation sont perceptibles chez la mère, il n'en reste pas moins qu'elle souffre de ne pas avoir de contacts plus fréquents avec ses enfants.

EN CONCLUSION, il nous paraîtrait opportun et nécessaire de permettre le rétablissement d'un droit d'hébergement à Madame NICOLLE (d'abord pendant les grandes vacances et deux ou trois fois dans l'année) ce qui lui permettrait de retrouver sa place de mère, qu'elle aurait, alors, la possibilité de réinvestir.

Ce droit pourrait s'exercer soit à son domicile (les enfants y venant chacun leur tour) ; soit dans un lieu neutre où elle pourrait, en se déplaçant, les accueillir tous ensemble.

<u>Geneviève FALAISE</u>
Éducatrice spécialisée

39.

Malgré le rapport favorable de l'enquêtrice, la juge Jeanine Beausire ne semblait pas pressée de confier les enfants à leur mère. Elle prit surtout en compte sa condamnation à trois années de mise à l'épreuve.

– Et quelle épreuve ! Maintenant confirmée par une femme ! Je pensais qu'elle n'allait jamais vouloir me les rendre, mes enfants. Qu'il n'y avait plus rien à faire, qu'ils grandiraient sans moi et que j'en deviendrais folle. Alors je suis tombée dans l'alcoolisme, moi aussi.

Très vite, tous les soirs, après son travail à la boulangerie, Darling – cœur incendié – traînait dans les bars et les cafés arabes, buvait des Ricard-tomate.

– Dix, douze... Ensuite, je passais au calva.

Elle buvait du « Magloire » pour se rappeler la Normandie : « J'irai revoir... » Calva, tribunal des enfants du Calvados... Elle buvait par association d'idées.

– Je buvais pour tomber sur le carrelage. Ce que j'ai fait parfois, ces nuits-là, avec les clients des bars aux rideaux tirés, je ne peux pas te le raconter... Je ne sais plus si ce sont des souvenirs ou des cauchemars. Quoi qu'il en soit, c'était pas joli, joli...

Darling rentrait chez elle très tard, en slalomant entre les vomis jaillis d'autres gorges d'ivrognes qui jonchaient les trottoirs.

– J'en lâchais pas mal, moi aussi, des queues de renard... Les patrons de bistrots m'appelaient Davy Crocket.

Parfois elle se réveillait en vrac près d'une poubelle dans le scintillement d'aube des ordures municipales et avant sept heures, allait se doucher puis au travail ! Presque toutes les nuits, elle sortait ou se faisait virer des bistrots en hurlant :
– Je suis une mère méchante !

– Ça a duré presque un an... Jusqu'au 21 janvier de cette année.

Ce matin-là, avenue Fleming à La Garenne, Darling, torchée comme à son habitude, entreprit de traverser. Du bord du trottoir, avec solennité, elle lança loin une jambe en avant et tomba à plat ventre sur l'avenue.

Il y eut alors un coup de frein énorme et une âcre odeur de gomme brûlée vint flirter avec les narines de Darling. Elle releva la tête et fut ébahie par ce qui était vingt centimètres au-dessus de son crâne :

– Oh... Un Renault E 420... Quatre roues pour le tracteur et six pour la remorque... C'est un double essieux !

Une ombre câline et étonnée se pencha vers elle.

– 73-51 ?

– 73-51...

– Y a-t-il quelqu'un ici en fréquence pour « Caliméro 92 » ?

– O.K. la station, je te copie Caliméro. Ici « Darling 5.0. » qui aurait bien besoin d'un radioguidage, hips !

L'homme se pencha et la souleva comme un hayon élévateur.

– Dis donc, il était balèze...
– Oh, hé, ça va.

Il ouvrit la portière passager de la cabine et l'installa auprès de lui. Le jour se levait.

40.

Caliméro 92 faisait du transport de barquettes de viande pour les supermarchés. Il faisait du transport de barquettes de viande et a ramassé Darling 5.0...

Ce Christian – chauffeur routier des Hauts-de-Seine – est un grand mec large d'épaules. Mâchoire carrée et poignée de main dont l'étreinte rappelle celle d'une clé à molette, il a des allures de second rôle pour westerns américains si ce n'est un accent du sud qui le trahit (il est de l'Aveyron).

Ancien trois-quarts aile pudique et réservé, d'une voix calme, il parle en disant les choses autrement... « T'es pas obligée de retourner dormir à la boulangerie » veut dire « Viens vivre chez moi »... Darling, elle, a été plus directe :

– Oh ouais !

À bord de son trente-huit tonnes, Calimèro tire quatre mille kilomètres par semaine.

– Il fait tout le temps le même trajet. Le lundi matin, c'est Paris-Orléans puis l'après-midi Orléans-Avignon. Le mercredi, il remonte à Run-

gis, dort dans son camion sur un parking une partie du jeudi puis, le soir, retourne à Avignon. Il dort dans son camion à Avignon, puis remonte dans la nuit du vendredi pour être le samedi matin à Rungis. Ensuite, il rentre chez nous pour le week-end et repart le lundi... Il a le téléphone dans son mille-pattes. On peut le joindre mais lui, ne peut appeler que son patron. Il a aussi la C.B. bien sûr, mais ne l'utilise pas tellement.

– Mais alors toi, avec seulement le mercredi comme jour de congé, tu ne le vois jamais.

– Si, parce que j'ai arrêté la boulangerie. Maintenant, à six heures du matin, je fais le ménage dans un café-P.M.U. en bas. À sept heures, Valérie, la serveuse du café, me donne son bébé Horace que je garde toute la journée en faisant des heures de repassage pour les gens de la cité. À seize heures trente, je transporte les panières et vais avec le bébé chercher une autre petite fille à l'école que je garde aussi jusqu'au soir. Et tout recommence le lendemain...

– Ça te plaît ?

– Oui. D'autant que Caliméro est gentil. Il n'y a que pour les plantes vertes qu'on se fritte un peu. Quand je suis arrivée chez lui, il y avait deux plantes et c'est la guerre pour elles. J'essaie de les faire crever. Mais là, j'ai un homme qui aime les fleurs et d'ailleurs, quand il rentre de voyage, il dit : « Il manque de l'eau. Ça n'a pas été arrosé de la semaine... »

Il ne sait pas pourquoi je hais les fleurs (je ne lui parle pas de ma mère) mais on en rigole quand même en allant boire l'apéro au café en bas. Il n'y a plus que le samedi midi que je bois du pastis. Sinon la picole, depuis Caliméro, c'est fini.

Il sait peu de chose sur moi. Il va en apprendre en lisant ton roman... Et des sévères ! J'espère qu'il ne me jugera pas mal... Il y a beaucoup de trucs pour lesquels Christian n'est pas au courant parce que j'ai des difficultés à lui en parler. Je lui cache ma vie en ma poitrine... Et à cause de ça, il y a des fois, mes relations (tu vois ce que je veux dire) avec lui sont difficiles mais bon, je lui dis que j'ai eu des problèmes. J'ai eu des problèmes mais je ne lui dis pas lesquels.

– Et ça t'a modifiée ?

– Ça m'a créé des blocages. Des fois, je peux avoir des relations et carrément bloquer pendant, dire : « Stop, ça suffit. Ne me touche plus. Retire tes doigts ! »

Darling se retourne, se plie et se tord dans ses souvenirs.

– À cause d'un mot ? D'un...

– D'un mot, d'un geste où là, tout d'un coup, j'ai une répulsion qui dit « Stop, terminé ». Et l'autre jour, sans le faire exprès, je lui ai dit d'arrêter en l'appelant par le prénom de mon ex-mari. Alors, il m'a dit « Quoi ? ». J'ai fait « Oh, excuse-moi ».

C'est vrai que souvent j'y pense dans ces moments-là... Il ne me dit pas non plus de mots d'amour moi qui aurais aimé qu'on m'en tartine d'immenses. Il ne fête pas l'anniversaire de notre rencontre, oublie la Saint-Valentin, ne dit jamais « je t'aime » et c'est dommage.

– Arrête de le gonfler avec ça. Ce n'est peut-être pas son truc.

– Il dit les choses autrement...

Un samedi de mars, Caliméro est arrivé chez lui avec quatre copains routiers : La Fouine, Shérif, Cosmos et Albinoni.

Ils étaient venus pour déjeuner avant d'aller visiter le salon de l'agriculture avec Darling. Tout le monde prenait l'apéro et grignotait des pistaches quand La Fouine découvrant sur le buffet une photo de Kevin, Tommy et Océane, demanda :

– C'est qui, eux ?

– Ce sont mes enfants, répondit Christian.

Darling en avala ses pistaches de travers et fila vomir dans les toilettes. Tête éclaboussée dans la cuvette des chiottes, elle en pleurait secouée de spasmes violents.

– J'ai posé une question con ? demanda La Fouine.

– Tu te rends compte ?... Alors là, je me suis dit : d'accord ! Surtout, des enfants qu'il n'a jamais vus... Bon, venant d'un homme, il aurait pu dire ça pour me faire plaisir... Mais non, il n'a même pas retenu ses mots, hein : « Ce sont mes enfants. »

Caliméro est arrivé dans les toilettes et a redressé le dos de Darling dégueulante :

– Ben quoi ? Je te prends toi et tes enfants.

Darling en a encore les yeux gonflés de larmes.

– Alors ça...

41.

Un mois plus tard, chez Caliméro et Darling, le téléphone a sonné plusieurs fois.

– Ça a d'abord été le Jap ! Jamais compris pourquoi on l'appelait comme ça d'ailleurs ce type. Il n'avait pas l'air japonais à la voix.

– J.A.P. ! Juge d'Application des Peines.

– Ah d'accord. C'est ça... Mais on ne m'explique rien à moi. Lui, il m'a engueulée parce que je n'avais pas téléphoné pour faire avancer mon dossier. Mais qu'est-ce qu'il voulait ? Que je vienne dans son bureau pour le foutre au-dessus de la pile ? En tout cas, il m'a dit que vu les doutes concernant mon mari, il mettait mon affaire au panier avant la fin de ma mise à l'épreuve et qu'il allait en avertir le Jde !

– Le ?

– J.D.E. ! Juge Des Enfants. Tu sais, madame Beausire...

Quelques jours plus tard, Jeanine-la-juge a averti Darling qu'elle accédait enfin à sa requête et qu'on lui confierait donc d'abord la garde d'Océane à la rentrée de septembre... Et que si tout se passait bien – si elle demandait le renouvellement de la garde – on lui rendrait ensuite aussi (peut-être l'année suivante) ses deux garçons. Darling a demandé l'autorisation d'aller les voir tous les trois, chacun dans leur foyer, et la juge a accepté.

Le troisième appel téléphonique a été le plus inattendu. Comment avait-on retrouvé la trace de Catherine ? Darling ne l'a jamais su.

– Allô, Catherine ? C'est la maman de Vincent Blandamour. Vous savez, La Clergerie... Vous allez bien ?

– Et vous ?

– Pas trop. Notre fils est très malade. Il est devenu tétraplégique et ne parle plus du tout. La dernière fois qu'il s'est exprimé, ç'a été pour vous réclamer.

– Ah bon, comment il a dit ça ?

– En termes pornographiques et en grossièretés que je ne peux répéter...

– Oh, vous savez, moi, maintenant je peux en entendre...

– Bon. Alors il a dit : « Et l'autre grosse salope de Catherine Nicolle, quand est-ce qu'elle rapplique, que je lui défonce enfin le cul ? »

– Ah, effectivement, ça ne va pas mieux...

– Je ne sais pas d'où lui est venu un tel langage. On ne l'a pourtant pas élevé comme ça... Sinon, on a vu des médecins, des spécialistes. Ils ont diagnostiqué une mélancolie chronique aggravée due, paraît-il, à un choc psychologique important mais dont Vincent ne veut pas parler. Alors on ne peut pas l'aider... Ça va vous paraître idiot ce que je vais vous dire, Catherine, mais je me suis toujours demandé si en fait il n'était pas un peu amoureux de vous, mon garçon... Est-ce que vous accepteriez de venir un jour le saluer ? Sans doute que ça lui ferait plaisir.

– La semaine prochaine, je vais aller voir mes enfants. J'en profiterai pour passer.

J'ai vu Darling à son retour de voyage en Basse-Normandie.

– Alors, les enfants ?

– Sur un mur, à l'entrée du foyer où se trouve Kevin, il y a une fresque qui représente un arbre avec, accrochés aux branches, plein de bébés comme des fruits séchés.

– Ils ont été gentils avec toi ? Ils t'ont appelée maman ?

– Non. Kevin et Océane m'ont dit « Catherine » et ils étaient un peu distants. Tommy, je ne sais pas. Quand il m'a vue, il s'est mis à baver et s'est roulé par terre, alors il a fallu qu'ils l'emmènent. Ça m'a fait mal de les voir comme ça. À douze, dix et neuf ans, aucun des trois ne sait lire ni écrire. Ça ne va pas être simple, je crois.

– Et Vincent ?

– Il est dans un fauteuil roulant électrique. Je ne savais même pas que ça existait, ça. Un truc plein de chromes. On dirait un camion avec des pneus de mobylette. T'en as déjà vu, toi ? Je lui aurais bien emprunté pour faire un tour...

– Comment allait-il ?

– Il allait très bien. T'appuies sur un bouton et il avance tout seul. T'appuies sur un autre, il recule. Il tourne aussi.

– Je te parle de Guignol.

– Ah lui, ça ne va pas du tout. Je sais pas ce qu'il a.

– Il a « toi ».

– Eh ben, il a « tort ». Pas de paysan ! C'est ma devise.

Darling était un peu déconcertée par cette succession d'événements.

– Et tes parents ?

– Arrivée à La Clergerie, je me suis demandé si je devais aller les voir...

– Et alors ?

– Je me le demande encore...

42.

– Bonjour, Océane...

– Salut.

J'ai tendu mes lèvres. La petite fille a roulé sa tête vers une épaule pour éviter mes baisers. Darling, qui assistait à l'accueil, m'a dit :

– Elle a du mal avec les mecs. Je ne sais pas comment elle sera plus tard mais là, elle a du mal.

– On se demande bien pourquoi...

J'ai tendu à nouveau mes lèvres et la tête de l'enfant butée a roulé vers l'autre épaule. Lorsque son visage est repassé devant moi, j'ai reniflé sa peau :

– Est-ce qu'elle ne pue pas un peu ?

– Si. Elle refuse de se laver. C'est difficile... C'est difficile, tu sais. C'est difficile d'élever un enfant qui a grandi sans vous. Je ne sais pas comment ils font, ceux qui en adoptent. Alors si on leur refile un Chinois en plus, t'imagines !

Océane est une Chinoise aux yeux de Darling. Elles ont du mal toutes les deux à se comprendre, s'aimer.

– Il faut se fâcher tous les soirs à table et pour les leçons. Et ça, c'est un truc qui me bouffe. Je lui cède tout et elle, elle ne cède pas. Elle donne des coups de poing dans les murs, des coups de pied dans les portes. Beausire m'avait prévenue que ce serait très dur et c'est vrai... C'est dur.

Darling était accoudée à la table de sa salle à manger. Elle tendait le mégot d'une cigarette américaine vers un cendrier posé sur la toile cirée, illustrée de fruits paraissant être en relief. À travers la fenêtre entrouverte, on entendait le grondement lointain du R.E.R. Il y avait dans l'air une douceur d'automne. Darling regardait les arbres et les jardins en bas :

– Les plantes vont bientôt crever.

Océane, neuf ans, chaton rond, roux et puant, est arrivée derrière Darling et l'a enlacée de ses bras potelés comme d'une écharpe. Elle a approché ses lèvres du cou de sa mère. Celle-ci a fait rouler vers une épaule, sa tête rousse de voyou de province édenté.

– Va te laver.

Je l'ai regardée, stupéfait.

– Darling...

– Je ne sais plus aimer, Jean... Je ne sais plus du tout comment on fait. Je ne sais même pas si l'année prochaine, je demanderai le renouvellement de sa garde... Au bout de deux mois, je n'en peux déjà plus. Une fois, ça va. Une fois, ça ne va pas... Une fois, j'y crois. Une fois, je n'y crois plus du tout, je me dis : c'est trop tard...

– Maman...

Le petit félin sauvage insistant a cherché encore la palpitation laiteuse de la gorge de sa mère. Un rayon tiède de fin d'après-midi, comme un index du ciel, est venu se répandre sur la nappe cirée envahie de fruits photographiés. C'était une dernière dégoulinade de soleil qui s'éloigne. Darling s'est immobilisée dans le rayon incertain. Elle accepta enfin les baisers de sa fille et ferma les yeux. Elle a laissé couler dans son cou cette douceur d'octobre.

– Ma fille...

– Maman...

C'était une éternité.

Je me suis levé et ai quitté la table sans bruit. À pas de vapeur, je les ai laissées toutes les deux à leurs secrets, leurs difficultés. Lorsque sur le palier, j'allais refermer la porte de l'appartement derrière moi, Darling, les paupières toujours closes, m'a dit :

– Vendredi après-midi, j'irai chercher aussi Kevin et Tommy en Normandie. On me les prête pour le week-end. Depuis six ans, ce sera la première fois qu'on sera tous réunis... Tu viendras déjeuner avec nous, samedi ?

43.

Ce samedi-là, Océane s'est conduite comme une bêcheuse, a méprisé ses deux frères qu'elle considère comme des ploucs parce qu'ils n'habitent pas là, eux.

– Touchez pas à ça ! C'est à moi ! Vous n'habitez pas là, vous !

Alors Tommy a pris son tracteur rouge, que lui avait offert la D.D.A.S.S. pour Noël, et l'a jeté par la fenêtre. Sept étages plus bas, le jouet agricole a explosé sur le parking.

Kevin, lui, s'était enfermé avec une Game-boy dans la chambre d'Océane dont il ne voulait plus sortir à cause du cadet.

Tommy est un enfant extrêmement étrange. Front surbombé, il a un visage de vieille femme comme aspirée vers le fond du crâne.

– Tu sais à qui il me fait penser, Jean ?

– Oui.

– Il me fait peur.

– Hé !

Darling avait aussi invité Valérie et Claude : les parents du bébé qu'elle garde la semaine. Claude, conducteur de R.E.R., avait promis, plus tard, aux trois enfants, un voyage dans la loge de conduite. Caliméro servait l'apéritif et les olives. Durant tout le repas, Tommy a joué du tambour, à rendre tout le monde fou.

– Ce n'est pas une bonne idée que tu as eue, Jean, là, le coup du tambour.

– C'est vrai que j'aurais mieux fait de lui acheter des crayons.

Pour le dessert, Darling a voulu faire une surprise. Elle avait commandé à son pâtissier un gâteau rose en forme de livre ouvert – un peu comme ceux qu'on voit sur les pierres tombales. En lettres italiques vert amande, on pouvait lire écrit comme un titre : « *Darling* ».

On a mangé du gâteau kirsché. Darling nous regardait nous goinfrer et nous enivrer d'elle. Océane a repoussé sa part en disant : « J'aime pas. » Tommy, grognant, déchiquetait la sienne avec ses ongles, avec ses dents et en foutait partout évidemment.

44.

Le lundi matin, j'ai appelé Darling pour savoir comment s'était passée la fin du week-end. Elle était effondrée.

– *Si je te parle lentement, là, c'est à cause des calmants...*

Dimanche, en début d'après-midi, Darling et Calimèro ont reconduit Kevin et Tommy, chacun dans leur foyer respectif. Mais sur l'autoroute de Normandie, à cent trente, Tommy, assis derrière Darling, a soudain voulu se jeter par la portière. Il est parti comme une balle.

Fort heureusement, coup de frein, rétrogradage, bande d'arrêt d'urgence et rail de sécurité pour maintenir la portière presque fermée sans pour autant écraser les jambes et les bras de Tommy déjà à l'extérieur... Dans des étincelles de fer – un feu d'artifice – Calimèro 92 a réussi à stopper la voiture sans autre dommage que de la tôle déchiquetée tout du long.

Il est descendu de la voiture et l'a contournée pendant que Darling baissait la glace de Tommy. Et c'est ainsi que Christian a pris l'enfant dans ses bras et l'a emmené dans les champs, essayant de le calmer :

– Ne sois pas malheureux, ne sois pas malheureux, tu reviendras. Je ne serai jamais ton papa mais toujours là pour m'occuper de toi.

Le petit enfant maigre de trente kilos battait des ailes dans les bras solides de celui qui n'est pas son père. Puis Darling a changé de place et est venue à l'arrière entre Océane et Tommy. Kevin, douze ans, bien que ce ne soit pas autorisé, s'est assis à l'avant, plutôt content d'ailleurs de ne plus être à côté de son frère.

– Et après ?...

Pendant tout le reste du voyage, l'enfant épileptique a tenté de s'étouffer avec son manteau, s'étrangler avec les manches. Darling, bien sûr, l'en empêchait, bataillait et a fini par le lui retirer. Alors il a chopé sur la plage arrière un sac en plastique vert et vide de supérette comme celle d'Heurleville. Il a fourré sa tête dedans et, de ses deux petites mains trop noueuses, a maintenu hermétiquement close l'ouverture du sac autour de son cou. Ce sac se tendait, s'anéantissait dans le souffle fou de Tommy. À travers le plastique, il mordait les doigts, les bras, la gorge de sa mère qui tentait de le sauver. Ses petites incisives et ses canines de chien transperçaient le plastique et Kevin planquait ses oreilles. La nouvelle tête de Tommy en rappelait une autre, en haut d'un poteau – baudruche verte gonflée sans doute des mêmes colères. Dans les spasmes, dans les claquements du sac, on lisait la marque grondante de la supérette : SPAR ! SPAR ! SPAR ! Cet enfant veut absolument mourir à dix ans, à dix ans !

– Mais qu'est-ce que j'ai fait moi, Jean, pour être condamnée à vivre tout ça ? Est-ce parce que le curé est mort à l'église quand j'avais trois ans que le bon Dieu m'en veut autant ?

– Ça va aller quand même, toi ? Je passerai demain.

– Je suis fatiguée, Jean. Je suis fatiguée.

– Je sais bien.

Moi-même, rien qu'à entendre la vie de Darling, je commence à avoir un vrai coup de pompe. Alors, à vivre pendant trente-deux ans...

45.

Le lendemain, Darling allait nettement mieux. La veille, pour se consoler, elle avait finalement joué au Keno et venait d'apprendre aujourd'hui qu'elle avait gagné dix mille francs.

– Et c'est pas rien, ça!

Alors elle était contente ! Cette fille me file le tournis... Elle remonte les pentes à des vitesses fantastiques et moi je ne comprends pas où elle puise cette énergie-là. Où va-t-elle chercher cette rage d'être encore verticale ? Y aurait-il donc des gens dont la force de vie serait sans limite ? Moi, juste écrivant un roman à bord de cette jeune femme – chenille humaine pour montagnes russes de fête foraine –, j'ai vécu de sacrés loopings et des doubles. Par moments, c'est moi qui étais effondré et elle qui me remontait.

– Oh, toi t'as pas bonne mine, me dit-elle aujourd'hui. Qu'est-ce qui ne va pas ? T'as encore des soucis ? Allez, cousin, je t'invite au restau. Je suis riche !

Sur une place de La Garenne, elle m'a entraîné vers une pizzeria. En marchant, je lui ai demandé :

– Dis donc, c'est vrai que ce n'est pas rien dix mille francs, que vas-tu faire de l'argent ?

Elle s'est arrêtée, a réfléchi, m'a regardé.

– Je vais m'acheter un flingue !

Et elle a ri, elle a ri, elle a ri... Elle est repartie en riant et moi, je n'en pouvais plus. En entrant dans la pizzeria dont elle connaissait le patron, elle a tendu son billet de loterie à la salle en gueulant :

– Haut les mains, bande de fi d' garces !

Devant la clientèle médusée, elle tendait son billet de Keno comme si c'était une arme. Clope au bec, elle l'a plié, froissé, voulait en faire un minuscule pistolet. J'ai vu les chiffres de la chance tournoyer dangereusement entre ses doigts.

– Putain, pourvu qu'elle ne le déchire pas, y foute le feu ou je ne sais quoi. Elle est si maladroite, pourvu qu'elle ne le déchire pas...

Elle en a fait une boulette de papier qu'elle a sitôt portée à sa bouche et gobée. En fait, non, c'était une blague, elle l'a encore dans la main. Elle me regarde et se marre :

– T'as cru que j'allais le faire ?

– Oui.

– Pourquoi je ferais ça ?

Poète et assassin

Je, François Villon

Jean Teulé

Il a joui, menti, volé, assassiné ; il a fréquenté les miséreux et les nantis, les étudiants et les curés, les prostituées et les poètes, les meurtriers et les rois ; il a traversé comme un météore trente années de l'histoire de son temps et a disparu un matin sur la route d'Orléans, laissant derrière lui ses poèmes comme une traînée de feu... Avec virtuosité, Jean Teulé nous fait entrer dans la peau du poète le plus sombre, le plus fantasque et le plus énigmatique de l'histoire des lettres françaises : François Villon.

(Pocket n° 13135)

La fin d'un poète

Ô Verlaine !

Jean Teulé

Les derniers mois de Verlaine furent à l'image de sa vie, extravagants. Tombé au fond de la déchéance morale et matérielle, malade, méprisé par les gloires de l'époque, il bénéficia tout à coup d'une vague de sympathie parmi les étudiants et la jeunesse du quartier latin, devenant leur idole en quelque semaines. Jean Teulé raconte cette période baroque de la vie d'un homme qui oscilla jusqu'au tombeau entre l'ignoble et le sublime, à travers le regard du jeune Henri-Albert Cornuty – un adolescent de Béziers qui monta à pied à Paris dans le seul but de rencontrer l'auteur de *Romances sans paroles*.

(Pocket n° 12827)

Imprimé en France par

CPI
Bussière

à Saint-Amand-Montrond (Cher)
en mars 2010

POCKET - 12, avenue d'Italie - 75627 Paris Cedex 13

N° d'impression : 100262
Dépôt légal : mars 2010
S 20548/61